Dieses Buch ist meiner Tochter Nadine, meiner geliebten Elena und ihren Kindern Sara, Laura und Mathieu gewidmet.

Meinem Vater Roger, seiner Frau Heidi und meiner Schwester Angela.

Meinem Bruder Gérard und meiner Mutter Marlise.

Shakin' Stevens für all die Inspiration und den Wohlfühlfaktor, die du mir im Laufe der letzten 35 Jahre mit deiner Musik gegeben hast.

Martin Leibundgut, George De Jong und Georges-André Carrel, meinen Volleyballtrainern, die immer an mich geglaubt haben.

... und all meinen Freunden, die mich in all den Jahren bei meinen "verrückten" Projekten immer unterstützt haben.

MICHEL F. BOLLE

ZORN
DER NATUR

DIE WELT IST AUF EWIG
VERÄNDERT

© 2018 Michel F. Bolle

Umschlag, Illustration: Michel F. Bolle
Lektorat, Korrektorat: Michel F. Bolle
Übersetzung: Katie

Verlag & Druck: tredition GmbH, Hamburg

ISBN
Paperback   978-3-7469-1721-4
Hardcover   978-3-7469-1722-1
e-Book   978-3-7469-1723-8

Inhaltsverzeichnis

Vorwort

Die Welt ist ein wunderschöner Ort, und wenn das Leben ein Zeitvertreib wäre, so wäre es einer, der mir besonders am Herzen läge.

Die Natur besitzt eine immanente Schönheit; ihre ungezähmte Wildheit, dessen essenzielle Qualität selbst die besten Künstler auf den inspirierendsten Leinwänden nicht festhalten können; ihre weiche Seite, die Blumen, die Farben, die Farbtupfer, die wahrlich den Anschein geben, als wären sie kunstvoll platziert worden.

Und aufgrund der Natur und allen anderen Wesen: die Menschen, die Luft, die wir atmen, die Nahrung, die wir zu uns nehmen, die täglichen Aktivitäten, die unser Leben prägen; die Welt ist so ein komplexer Ort.

Heute gibt es Entdeckungen, die vor hundert Jahren noch nicht gemacht wurden, und in hundert Jahren wird es neue Entdeckungen geben. Dieses neue Tempo, in dem Wissenschaft und Technologie die Welt beeinflusst haben, ist aufregend. Doch es gibt auch Schattenseiten, denn für gewöhnlich wird bei solchen Entwicklungen etwas Bedeutsames außer Acht gelassen: Die Natur.

Balance ist äußerst wichtig. Es ist ein Stück dieses Puzzles das wir Leben nennen, das nicht vernachlässigt werden darf. Und wenn dem doch so wäre, hätte es natürlich gravierende Folgen.

Das Leben vergeht, einen Tag nach dem anderen, wie ein nahtloser Übergang im Kaleidoskop der Zeit. Ich dachte nicht, dass es zu meinen Lebzeiten geschehen würde. Ich nehme mir nie wirklich die Zeit, mir die Folgen der Missachtung der ursprünglichen Naturgesetze vorzustellen. Ich mache mir keine großen Sorgen darüber, dass Menschen Gebiete einnehmen, die für andere Zwecke vermutlich ideal wären.

Das Land wird geschändet, und es hat mich, wie so viele andere Menschen, nicht interessiert. Na gut, es hat mich interessiert. Es interessiert mich noch immer. Aber es ist ein abstraktes Interesse. Etwas, das kuschelig in einer gemütlichen Ecke meines Kopfes eingebettet ist. Mein Interesse ist nicht praktischer Natur, wie bei vielen anderen auch. Es ist kein Interesse, das aktiv Veränderungen oder Kompromisse anstrebt. Mein Interesse berücksichtigt, weder tatsächlich noch praktisch, die Arbeit, die getan werden muss, die Kämpfe, die ausgetragen werden müssen, oder die Grenzen, die gezogen werden müssen.

Die Welt scheint in Ordnung zu sein, die Oberfläche glänzend und unberührt. Die Bewegung des Planeten um die Sonne ändert sich nie, und im Bewusstsein dieser konstanten Rotation bin ich zufriedener in meinem glückseligen Zustand der Unwissenheit. Es spielt kaum eine Rolle, was die Wahrheit ist und welche Aspekte des Ganzen konstruiert sind. Ich bin glücklich mit dem Seelenfrieden, den es mir gewährt. Die Welt entwickelt sich ständig weiter und ich bin zufrieden. Ich habe meine kleine Ecke der Welt und dort bin ich König. Mir geht es gut. Meiner Familie geht es gut. Und folglich ist es ein gutes Leben. Sich über Ereignisse Sorgen zu machen, ob in ihrer Gesamtheit oder in Teilen, ist ein Konzept, das mir fremd ist. Auf der Welt herrscht Frieden. Warum sollte ich mir Gedanken machen?

Aber dieser Frieden wird bald gefährdet.

Irgendwann, in den Weiten unserer Galaxie, wendet sich das Blatt. Die Natur nimmt eine schnelle, unbemerkte Veränderung vor und mir nichts, dir nichts ändert sich alles.

Idyllische Normalität

Ich genieße idyllische Momente. Diese schwebenden Momente, in denen die Zeit keinerlei Bedeutung hat, außer der, die ich ihr verleihe. Die Momente, die ich alleine verbringen kann, um einfach zu atmen, einfach zu sein, sind Kostbarkeiten, die ich nicht für selbstverständlich halte.

Alex drehte sich auf seinem Bett zur Seite. Sein Blick fiel auf das Bild auf dem Nachttisch, auf dem seine Frau und Kinder zu sehen waren. Ein leises Lächeln umspielte seine Lippen, als sein Blick auf Boone fiel, der mit seinem Schokobart im Gesicht fröhlich in die Kamera grinste, als würde er über einen Scherz lachen, in den er niemanden eingeweiht hatte. Alex erinnerte sich an den Tag, als das Foto aufgenommen wurde. Boone war damals 10. Die Geschichte, wie es zu diesem Schokobart kam, war ihm jetzt, mit 14, natürlich unglaublich peinlich und wurde folglich liebend gerne von der ganzen Familie ausgekramt, wenn sie der Meinung waren, sie müssten ihm eine Lektion erteilen.

Direkt neben Boone stand Tony, der mit ernstem Gesicht direkt in die Kamera blickte. Es war ein Blick, den man von ihm gewohnt war. Als Boone geboren wurde, war er sechs Jahr alt, und direkt von Kindheit an hatte er die

Rolle des großen Bruders, Vaters und Beschützers übernommen. Alex wusste zweifellos, dass er sich nie um Boone Sorgen machen müsste. Tony würde immer für ihn da sein. Dieses Wissen war wie Balsam für sein zerrissenes Herz. Besonders da er sich ziemlich sicher war, dass Boone sich im Laufe der Jahre so einige kreative Eskapaden leisten würde.

Darren war zweifelsohne sein Sohn, dachte er lächelnd, als sein Blick über die Gesichtszüge schweifte, die ihn so sehr an seine eigenen erinnerten. Er war für sein Alter sehr groß und hatte Augen, die man nur als die eines Träumers bezeichnen konnte. Seine glänzenden braunen Augen schienen immer in weite Ferne zu blicken, während er seine Geschichten gefühlt aus dem Nichts erschuf. Darren hatte die Augen eines Kreativen und Alex konnte es kaum erwarten zu sehen, wohin die Wogen des Lebens seinen Sohn tragen würden.

Die einzige, die in seinem Haushalt regieren durfte, war seine Königin, Tia. Seine einzige Tochter war unerschrocken und temperamentvoll, auch wenn sich ihr Temperament nicht immer zeigte. Mal war sie der Mittelpunkt jeder Party, immer und überall unterwegs, mal wollte sie nichts anderes tun, als leiser Musik zu lauschen und in einem Buch zu versinken.

Ein wehmütiges Lächeln erschien auf seinem Gesicht und Alex setzte sich im Bett auf. Es war noch zu früh für all diese Emotionen. Das Haus war viel zu leise, und darin lag das Problem. Es tönte keine überlaute Musik aus jedem Winkel des Hauses, die seine geistige Gesundheit bedrohte. Und keine Tia, die ihm so lange mit hoch erhobener Nase, in einem Tonfall, der keinen Widerspruch duldete, zurief: "Papa, das *musst* du dir ansehen", bis er alles stehen und liegen ließ und nachsah, was sie ihm in dem Moment gerade wichtiges zeigen wollte.

Er warf die Decke von sich und ging in seinem Schlafanzug zum Panoramafenster, um die Gardinen zu öffnen. Die frühen Morgenstunden mochte er besonders gerne. Er liebte es, von hier aus in den Garten zu blicken, in dem die Blumen üppig wuchsen und eine Vielfalt an Gerüchen und Farben erzeugten. Der Garten war einer seiner Lieblingsplätze im Haus. Dort konnte er nachdenken, konzeptualisieren, und wenn er wollte, einfach nur den Augenblick genießen.

Mia war diejenige gewesen, die vor 15 Jahren, als sie dieses Haus gekauft hatten, auf einen Garten bestanden hatte. Es war ihm egal gewesen, ob sie einen Garten hatten oder nicht, also hatte er ihr gesagt, sie könne tun, was sie wolle. Jahre später war er nun froh, dass sie sich einen Garten gewünscht hatte. Der Verbundenheit mit der Natur folgte ein besonderes Gefühl der Ruhe, das ihn viele Male den Kopf gerettet hatte, wenn er kurz davor war, durchzudrehen.

Spontan schlüpfte er samt Pyjama in seine Hausschuhe und entschloss sich zu einem Spaziergang im Garten. Das Haus war zu dieser Tageszeit sehr still, und er konnte seinen Atem in der kalten Luft beobachten, wie er in kleinen Wolken von seiner Nase aus davon schwebte.

Der Garten sah anders aus. Alex runzelte die Stirn, als er sich umschaute und konzentriert versuchte festzustellen, was genau nun anders war. Nichts schien fehl am Platz. Die Gardenien waren so schön wie immer, ihre blaue Farbe imposant im morgendlichen Halbdunkeln.

"Ich bin wohl zu früh aufgestanden. Jetzt sehe ich schon Dinge, die gar nicht da sind." Er schüttelte den Kopf, als ob er so den Nebel loszuwerden versuchte, der seine Klarheit zu trüben schien und setzte sich bequem auf einen der Stühle, die Mia dort platziert hatte. So würden sie ein wenig mehr Zeit miteinander verbringen können, hatte sie gesagt.

Es war kalt, so früh am Morgen, und Alex überlegte, ob er hineingehen und seine Jacke holen sollte. Aber er war schon draußen und die Kälte war nicht unaushaltbar, also entschied er sich dazu, noch ein wenig sitzen zu bleiben.

Er vermisste seine Familie. Mia und die Kinder waren im Urlaub auf den Malediven. Es sollte eigentlich ein Familienurlaub werden, eine Tradition die sie jedes Jahr konsequent aufrecht hielten. Er würde sie nicht als wohlhabende Familie bezeichnen, aber sie konnten sich durchaus ein wenig Luxus leisten.

Der Sommerurlaub war eine Familientradition, die sie vor 10 Jahren begonnen hatten, als ihre Kinder noch klein waren. Er lächelte gedankenversunken, als er sich an die Reise nach Paris im letzten Jahr zurückerinnerte. Die Kinder hatten sich so sehr darauf gefreut, den Eiffelturm in echt zu sehen. Und die entzückenden kleinen Cafés, die überall in der Pariser Stadtlandschaft verstreut waren, waren eine wahre Freude gewesen.

Er hatte das Gefühl, dass er die diesjährige Reise auf die Malediven gleichermaßen genossen hätte, doch die Pflicht hatte gerufen. Er war ein Geschäftsinhaber, dessen Nische im Bereich der Produktion von Industriearmaturen lag. Die Art seines Geschäfts bedeutete, dass er in bestimmten Zeitrahmen an Kundenprojekten arbeitete. Dieses Geschäftsjahr war gut gelaufen und er hatte viel um die Ohren.

Er lächelte, als er sich daran erinnerte, wie Tia zwei Tage vor ihrem geplanten Abflugtermin in sein Zimmer gekommen war. Er hatte gewusst, dass sie ihm einer ihrer berüchtigten Vorträge halten wollte. Sie hatte in der Tür zu seinem Schlafzimmer gestanden, ihre Haare in ihrem ewigen Pferdeschwanz gebunden, die Arme in die Hüfte gestemmt, und ihre Stirn in Falten gelegt.

Er hatte geschlafen. Zumindest hatte sie das angenommen. Er hatte regungslos und mit geschlossenen Augen auf dem Rücken in seinem Bett gelegen. Nachdem sie die Tür besonders leise hinter sich geschlossen hatte, um ihn nicht zu wecken, hatte sie sich behutsam auf die Bettkante gesetzt und ihren Blick auf sein Gesicht gerichtet, beinahe so, als hatte sie gehofft, er würde dadurch aufwachen.

Er hatte genau gewusst, worüber sie sprechen wollte. Mal wieder. Also, hatte er sich gedacht, wäre es nur gerecht, wenn er ihr einen kleinen Streich spielte. Der Gedanke daran hatte ihm ein kleines Lächeln auf sein Gesicht gezaubert. Er hatte seine Augen einen kleinen Spalt geöffnet und hatte so beobachten können, wie sich ihre Augenbrauen zusammenzogen und sie ihre Augen zusammenkniff.

Mist, sie hatte ihn erwischt. Sie hatte ganz genau gewusst, was er da tat.

Sein Verdacht hatte sich bestätigt, als Tia angefangen hatte zu sprechen. Sie hatte in einem bewusst ironischen Tonfall gesprochen und ihn dann mit hochgezogenen Augenbrauen so angesehen, als sei sie die Mutter und er das widerspenstige Kind.

Diesmal hatte er sich das Lachen nicht verkneifen können. Er hatte sich im Bett aufgesetzt und sie mit trauriger Miene angesehen.

"Papa...", hatte sagte sie langgezogen gesagt, als ob sie wollte, dass er dem, was sie zu sagen hatte, seine volle Aufmerksamkeit schenkt.

"Ja, Tia ...", hatte er im gleichen Tonfall gekontert und dadurch ein widerwilliges Lächeln von ihr geerntet.

"Du musst mit uns auf die Malediven kommen, Papa. Um Himmels willen, wie kannst du das nicht wollen?"

"Ich würde liebend gerne mitkommen, das weißt du. Aber Papa hat noch eine Menge Arbeit nachzuholen."

Ihr Mund war zu einer schmalen Linie zusammengepresst gewesen und sie hatte die Arme vor ihrer Brust verschränkt, als würde sie sich für einen Streit wappnen.

"Nun, die Arbeit läuft nicht davon. Und du könntest dich genauso gut nach dem Urlaub darum kümmern."

"Aber das kann ich leider nicht", hatte er ihr gesagt und ihr Gesicht in seinen Händen gehalten. "Wenn Papa seinen Termin nicht einhält, könnte er bestraft werden. Und das willst du doch nicht, oder Prinzessin?"

Er hatte dies mit todernstem Gesicht gesagt, als gäbe es tatsächlich eine festgelegte Strafe, wenn er seiner Arbeit nicht nachkam. Aber natürlich hatte sie ihm kein Wort seiner Erklärung geglaubt und sein Täuschungsmanöver durchschaut.

"Jetzt geh nur", hatte er ihr gesagt, "nächsten Sommer klappt es sicher. Und du kannst mir armen Schlucker etwas Schönes von den Malediven mitnehmen."

Sie hatte spöttisch gelacht, als ob sie nicht im Traum daran denken würde, ihm ein Souvenir mitzunehmen, und hatte das Zimmer verlassen.

"Mama, würdest du bitte einfach noch einmal mit Papa reden?", war das letzte, was er gehört hatte, bevor sie verschwand und, so vermutete er, ihre Mutter anbettelte, dass diese ihn versucht davon zu überzeugen, dass er sich dem Familienurlaub anschließe.

Alex kam im Garten, wo er noch immer saß, wieder zu sich. Die Sonne begann ihren strategischen Aufstieg aus den Wolken und die kalte Atmosphäre hatte sich niedergeschlagen. Ihm fehlte seine Familie, doch es wäre nahezu unmöglich gewesen in den Urlaub zu fahren und gleichzeitig seine Fristen einzuhalten. Sein Geschäft hatte einen direkten Einfluss auf andere Unternehmen, und diese Verantwortung würde er nie als selbstverständlich ansehen.

Die Pflanzen im Garten müssen gegossen werden, dachte er sich und setzte das gedanklich auf seine digitale To-Do-Liste in seinem Kopf. Er hoffte, dass er es nicht vergaß. Es war jetzt eine Woche her, seit Mia und die Kinder in Urlaub geflogen waren und er hatte sich nicht vernünftig um den Garten gekümmert. Er konnte sich den entsetzten Blick von Mia vorstellen, wenn sie das sprießende Unkraut sah, das an strategischen Orten zum Vorschein kam. Er war zurzeit sehr beschäftigt und Gartenpflege stand nicht besonders weit oben auf seiner Prioritätenliste.

Doch wenn er ehrlich war, war er zwar beschäftigt, aber nicht so sehr beschäftigt. Tatsächlich sollte er in wenigen Tagen die Aufgaben erledigt haben haben, die seiner Aufmerksamkeit bedurften. Dennoch wäre es schön, die verbleibende Zeit, von etwas mehr als zwei Wochen, ganz alleine zu verbringen und in Ruhe entspannen zu können.

Sein Unternehmen machte große Fortschritte und er konnte sich sicherlich nicht beklagen, doch er würde weder sich selbst noch seinen Kunden einen Gefallen tun, wenn er zusammenbrach. Aus diesem Grund freute er sich darauf einfach mal zu faulenzen, in Ruhe zu essen und sich den Dingen grundsätzlich in einem angenehmeren Tempo zu widmen. Vielleicht würde er ein bisschen Sightseeing machen, dachte er. Zürich hatte einige wirklich erstaunliche Sehenswürdigkeiten und vielleicht würde er sich tatsächlich mal die Zeit nehmen, um einige davon zu erkunden. Je mehr er sich mit der Idee anfreundete, desto mehr überlegte er, ob er vielleicht ein Wochenende in einem Resort verbringen sollte, um einfach nur zu entspannen. Auf diese Weise würde er zwei Fliegen mit einer Klappe schlagen: er bekäme die Entspannung, die er bitter nötig hatte, sowie ein heiteres Urlaubserlebnis, auch wenn es in seiner eigenen Stadt wäre.

Doch jetzt musste er erstmal wieder zurück ins Haus und sich an die Arbeit machen, dachte sich Alex. Er überflog die Liste in seinem Kopf mit Dingen, die seine Aufmerksamkeit erforderten. Er ging diese mentale Checkliste durch, während er gedankenverloren durch die Küche ins

Wohnzimmer und über den Gang dann ins Schlafzimmer lief. Er nahm sein Handtuch von dem Kleiderbügel, an dem es hing, bevor er ins Badezimmer ging.

"Was ist das denn?" murmelte er in einem Tonfall, der er schaffte sein Erstaunen und vages Desinteresse in einer Aussage zu vereinen.

Er stand in der Tür des Badezimmers und starrte in Richtung Badewanne. Mehr aus Instinkt als aus Angst setzte er ganz vorsichtig einen Fuß vor den anderen und betrat den Raum vollständig.

Dort, in der Mitte der Badewanne, befand sich das, was seine Aufmerksamkeit erregt hatte. Es war grün und hatte Zweige. *Was war das denn?* Mitten in der Badewanne, fast so, als wäre sie strategisch dort platziert worden, war eine Pflanze. Sie stand einfach nur senkrecht da.

Mit einem besonders entsetzten Gesichtsausdruck beugte sich Alex plötzlich zur Seite, um die Wanne besser betrachten zu können. Er atmete erleichtert auf, als er erkannte, dass die Pflanze keine Wurzeln hatte. Wenn sie welche gehabt hätte, hätte Boone sich nach seinem Urlaub so einiges anhören dürfen. Er war ein lebhaftes Kind und fand beim Spielen oft Sachen, die er dann mitnahm. Er hielt sich für den nächsten Einstein und funktionierte die Räume im Haus gelegentlich zu seinen Laboratorien um, wobei sein eigenes Zimmer dabei die Hauptforschungsstätte darstellte.

Aber Boone, wie auch der Rest der Familie, war seit über einer Woche verreist, und Alex hatte die Wanne noch am Abend zuvor genutzt, bevor er ins Bett gegangen war. Hatte er gestern versehentlich eine Pflanze mit ins Haus geschleppt, als er von seinem üblichen morgendlichen Ausflug in den Garten zurückkam? Er konnte es nicht genau sagen.

Er schlug sich mit der Hand gegen den Kopf und wunderte sich, warum er so viel Zeit damit vergeudete, darüber nachzudenken. Es gab sicherlich eine logische Erklärung dafür. Er wusste nur nicht welche.

Nichtsdestotrotz, dachte er sich, hatte der Tag ihm gegenüber bereits einen Vorsprung, die Sonne stand schon hoch am Himmel und ihre Strahlen wanderten über die Erde. Alex packte die Pflanze mit dem Daumen und Zeigefinger und ließ sie auf den Boden fallen.

Er würde sie nach dem Baden loswerden, dachte er sich, und stieg in die Badewanne um zu duschen.

****

In hellblauer Jeans und einem brauen T-Shirt mit dem Aufdruck "Bester Papa der Welt" gekleidet, ging Alex in die Küche. Das T-Shirt hatte er von Darren zu seinem letzten Geburtstag geschenkt bekommen, und an Tagen wie diesen, wenn er das Haus nicht verlassen musste, war es sein Lieblingsshirt.

Auf der Suche nach einer schnellen Mahlzeit durchwühlte er die Schränke und den Kühlschrank. Er fand nichts worauf er Appetit hatte, also fing er an, die Zutaten für Toast und Kaffee herauszuholen.

Das war für ihn keine schwere Arbeit. Selbst bei vollem Haus war es normalerweise seine Aufgabe, Frühstück zu machen, während Mia dafür beim Abendessen öfter den Kochlöffel schwang.

Nach dem Frühstück nahm er seinen Laptop von dem Sofa, wo er ihn am Vorabend beim Verlassen des Wohnzimmers hingeworfen hatte, und nahm ihn mit in die Küche. Die Küche war sein Lieblingsarbeitsplatz im Haus, und das nicht nur, weil Essen und Snacks immer griffbereit waren, wann immer er eine Pause machen wollte.

Die Küche bot einen uneingeschränkten Blick in den Garten und auf alles, was sich dort abspielte. Wegen Mias Liebe zu Blumen und der Natur hatte sie darauf beharrt, dass eine Seite der Küche komplett aus Glas bestand. Sie behauptete, dass es selbst an schlechten Tagen ein Gefühl der Ruhe in ihr auslöste. Er hatte oft gescherzt, dass sie wahrscheinlich mitten in ihrem Wohnzimmer einen Garten errichtet hätte, wenn es möglich gewesen wäre. Und wann immer er das gesagt hatte, hatte sie ihn daraufhin mit unbewegter Miene angesehen und gefragt: "Und warum nicht?"

Auf der Fensterbank in der Küche saß eine Nisthöhle. Sie hatte gesagt, sie habe sie gebaut, damit die Vögel sich entspannen können. Er hatte sie ungläubig angesehen und ihr mitgeteilt, dass Vögel sich nicht entspannen. Dazu waren sie nicht fähig, sie taugten nur zum Fliegen.

"Natürlich tun sie das, Dummerchen. Nach dem Fliegen brauchen sie manchmal einen Ort, an dem sie ihre Federn abkühlen können, bevor sie weiterfliegen."

Mia meinte es todernst, wenn sie solche Dinge sagte, und im Laufe der Jahre hatte er ihre Ansichten schätzen gelernt. Sie war der Meinung, dass die Natur in jeder Gestalt ein überirdisches Verständnis besaß, das wir in unserer gesamten Existenz als Menschen vermutlich nie begreifen würden. Sie redete mit den Blumen im Garten. Kein Scherz. Sie ging mit ihnen die Liste der Dinge durch, die sie sich für den Tag vorgenommen hatte, und die Gründe dafür. Selbst nach zwei Jahrzehnten zusammen, konnte er diese Angewohnheit nicht verstehen. Er bezweifelte, dass er es jemals tun würde.

Wenn sie im Garten oder anderswo einen verletzten Vogel fand, brachte sie ihn ins Haus, und während sie seine Wunden versorgte, sprach sie sanft und leise, in ihrem mütterlichsten Ton, der sonst nur den Kindern vorbehalten war, und ermahnte ihn, dass er bei seinen täglichen Aktivitäten sehr vorsichtig sein müsse, um unnötige Verletzungen zu vermeiden.

Sie versuchte auch nie, die Vögel zu behalten. Sobald sie wieder gesund und munter waren, ließ sie sie wieder fliegen und sagte, es sei widersprüchlich, einen Vogel gegen seinen Willen festzuhalten. Ihrer Meinung nach hatten sie Rechte, und sollte es jemals ein Tiergericht geben, so wäre sie eine unbestechliche Richterin.

Im Laufe der Jahre hatte ihn mit ihrer Sichtweise definitiv beeinflusst und seine Ansichten über die Natur verändert. Er war nicht annähernd so überzeugt wie sie es war. Doch im Gegensatz zu der Zeit, bevor sie sich kannten, hatte er nun eine wachsende Wertschätzung für die Natur und alles damit Verbundene. Er entzog sich immer noch seinen "Pflichten", wie der Gartenpflege, Pflanzen gießen, und anderen Aufgaben, aber er hatte eine neue Wertschätzung für die Natur, wenn auch meist aus der Ferne.

Vielleicht würde er seinen Lektorfreund Mike zum Mittagessen einladen. Sie hatten die gleiche Schule besucht und er freute sich immer, Mike zu sehen. Der Mann hatte immer eine lustige Geschichte auf Lager. Er könnte eine seiner Weinflaschen aus dem Keller holen. Er behütete diese Weinflaschen, als wären sie unersetzbare Besitztümer, aber es war schließlich Mike, also konnte er eine entbehren.

Er war stolz auf den Inhalt seines Kellers. Es befanden sich etwa eintausend Flaschen Wein dort unten und die meisten davon waren erlesene Jahrgangsweine. Man könnte ihn wohl als Weinkenner bezeichnen. Hätte er jemals ein zweites Unternehmen gegründet, wäre es vermutlich ein Weingut geworden, scherzte Mia oft.

Die Möglichkeit bestand noch immer. Alles was mit Wein zu tun hatte, war für ihn mehr Leidenschaft als Arbeit, und für Leidenschaft hat man immer Zeit. Er dachte darüber nach, sich nach der Pensionierung damit zu befassen. Die Zeit würde es zeigen.

Alex war nun fast fertig mit der Arbeit, die er sich für diesen Tag vorgenommen hatte. Er liebte seine Arbeit und war sehr gut darin. Er konnte auch im Schlaf darüberschreiben. Das würde erklären, warum er geistig abdriften und über fast alles nachdenken konnte, während was immer er versuchte zu Papier zu bringen letztendlich dennoch von höchster Qualität sein würde.

Er stand auf, um seinen Rücken zu strecken und zum Tresen zu gehen, wo ein weiterer treuer Begleiter von ihm stand, sein Radio. Es war erstaunlich, immer war irgendwas los in der Welt. Erst gestern Nachmittag hatte er in seiner Lieblingsradioshow gehört, dass die IT-Leute in Silicon Valley an einer Technologie arbeiteten, die es Menschen ermöglichte, effektiv miteinander zu kommunizieren, ohne auch nur ein Wort sagen zu müssen.

Dann gab es noch die Simulationen von Gärten und Wäldern, die der Natur nachempfunden wurden. Der Sinn dahinter war offenbar die Zeitersparnis: so könnten Menschen die Natur in all ihrer Vielfalt erleben, ohne das Haus verlassen zu müssen und in den Park zu gehen. Die Menschen waren schließlich beschäftigt und es gab Wichtigeres zu tun.

Hier in seinem Heimatland der Schweiz berichteten alle Stationen über den Familienhund, der das höchste Opfer gebracht und sein Leben für das jüngste Kind des Hauses gegeben hatte.

Die Einzelheiten waren ihm nicht bekannt, doch ein paar Informationen waren bei ihm hängen geblieben: es hatte ein Feuer gegeben und niemand hatte den kleinen Jungen rechtzeitig erreichen können. Irgendwie wurde der

Familienhund zum Held des Tages und dem Jungen ging es gut, dem Hund leider nicht.

Er warf einen Blick auf seine Armbanduhr und war überrascht, dass es schon kurz vor vier Uhr war.

Der Tag war fast zu Ende. Zeit für ein bisschen Fernsehen.

Der Beginn des Sturms

Morgen

Alex mochte Samstage nicht besonders gerne. Er bezeichnete sie scherzhaft als "Sklaventage". Das bedeutete, dass es der von der Familie vereinbarte und festgelegte Tag für Aufräumarbeiten im Haus und der Umgebung war.

Normalerweise, bei vollem Haus, hatte jeder von Ihnen bestimmte Pflichten zu erledigen. Aufgaben wie Badezimmer putzen, das Haus in Ordnung bringen, Wäsche waschen und generelles Aufräumen waren bereits auf alle aufgeteilt. Sie hätten sich problemlos einen Reinigungsservice leisten können, der diese Aufgaben übernehmen würde, aber es diente als wichtige Zeit im Rahmen der Familie und vermittelte den Kindern den Wert von Einzel- und Gruppenarbeit. Jetzt war er alleine zu Hause und Samstag bleibt nun mal Samstag. Er hatte einige Dinge zu erledigen.

Da er der einzige zu Hause war, könnte er sich jedoch auch vor der Verantwortung drücken. Es gab keine Zeugen, die ihm später widersprechen könnten, und das Einzige, was ihn davon abhielt sich nicht an die Vereinbarung zu halten, war die Abmachung, die er mit Mia getroffen hatte. Bevor sie verreist waren, hatte er ihr versprochen, dass er die Stellung halten würde. Und entgegen ihrer falschen Meinung über seine Fähigkeiten als Haushälter, würde sie nicht nach Hause kommen und das gesamte Haus auf den Kopf gestellt vorfinden.

Alex biss die Zähne zusammen und widmete sich mit dem Waschlappen wieder der Wanne. Da er sich schon an sein Versprechen halten würde, konnte er es auch gleich richtig machen. Bei dem bisherigen Tempo seines gründlichen Samstagsputzes würde das Haus bis zur Rückkunft seiner Familie von oben bis unten glänzen.

Als er mit dem Putzen des Badezimmers fertig war, verließ er es in Richtung Schlafzimmer und strich es von der Liste, die er erstellt hatte. Mit der abgeschlossenen Badreinigung war er nun mit der inneren Phase des Putzens fertig. Die verbleibenden, noch nicht abgehakten Punkte auf seiner Liste hatten alle mit dem Außenbereich des Hauses zu tun.

Stolz auf sich selbst nach seinem harten Arbeitstag, dachte er, er würde Mia und die Kinder mal anrufen, nur um ein wenig zu prahlen und ihnen zu zeigen, dass er auch ohne sie gut zurechtkam.

Er nahm sein Handy und wählte die Nummer des Hotelzimmers, die bereits in seinem Telefon gespeichert war. Sie hatten wie üblich eine Suite gebucht, daher konnte er sich nicht sicher sein, wer den Hörer abnehmen würde.

Der Anruf wurde verbunden, und nach etwa fünfmal Klingeln war Mikes tiefe und sichere Stimme am anderen Ende der Leitung zu hören.

"Hallo Papa."

"Hey Kleiner." Mikes abfälliges Schnauben entlockte ihm ein Lächeln. Sein 20-jähriger Sohn war ein wenig zu alt, um als "Kleiner" bezeichnet zu werden, aber er hatte nicht die Absicht, damit aufzuhören. Abgesehen davon, dass sie es so gewohnt waren, war es etwas, das Mike immer zum Schmunzeln brachte, egal wie oft er vorgab, sich dafür zu schämen.

"Wie sind die Malediven?"

"Es ist ziemlich cool, wir haben Spaß."

Natürlich war es cool. Mike war ein junger Mann weniger Worte und sein Vater war nicht wirklich überrascht, dass er nicht weiter darauf einging, was cool in seinem Jargon genau bedeutete. Wenn er einen detaillierten Bericht über die Ereignisse des Urlaubs haben wollte, müsste er sich an Tia wenden, dicht gefolgt von Boone.

"Ich muss los, Papa. Hier ist Tia", sagte er und Alex nahm an, dass er seiner Schwester sein Handy in die Hände drückte.

"Hi Liebling."

"Hi Papa." Er konnte sich geradezu vorstellen, wie sie krampfhaft versuchte nicht zu lächeln. Sie bemühte sich so sehr, wütend auf ihn zu bleiben, da weder Flehen noch Verhandeln ihn überzeugt hatten, mit ihnen in den Urlaub zu fahren.

"Wie geht es dir? Isst du auch richtig? Ich weiß, wie einfach es dir fällt, dich mit deinem Radio und einem Glas Wein in deiner Arbeit zu verlieren."

Sie sagte all dies so schnell, dass sie fast das Atmen vergaß. Manchmal benahm sie sich, als sei sie die Erwachsene und er das Kind, und versuchte, ihn selbst bei den alltäglichsten Dingen zu bemuttern. Er versicherte ihr, dass es ihm gut ging und bat sie, Mia das Telefon zu geben.

"Oh, Mama ist gerade nicht da. Sie ist einkaufen gegangen."

Oh. Das war es dann wohl mit Aufplustern. Sie plauderten noch ein paar Minuten lang über alles Mögliche, vom absolut traumhaften Wetter auf den Malediven bis hin zur sehr netten Empfangsdame im Hotel. Die Minuten vergingen wie im Fluge, während er noch mit Darren und Boone sprach und sie bat, liebe Grüße an ihre Mutter auszurichten.

Als der Anruf nach einer Reihe von "Hab dich lieb"-Rufen endete, schnappte sich Alex sein Radio von dem Podest, auf das er es gestellt hatte, so dass er die Nachrichten überall hören konnte, und ging in die Küche.

Ein kleines Frühstück würde die nötige Energie liefern, um danach seine Gelände-Aufräumaktion in Angriff zu nehmen.

Nachmittag

Es war wenige Sekunden vor 12, als Alex das Haus durch die Seitentür verließ, die als Verbindung diente. Von dort aus ging er in die Abstellkammer, wo er sich das Werkzeug schnappte, dass er für die Außenreinigung benötigen würde.

Mit seinem Radio bewaffnet, pfiff er gedankenverloren vor sich hin und trug das notwendige Zubehör aus der Abstellkammer. Er sollte mit dem Pool anfangen, dachte er sich. Es wäre schön, wenn er sich später am Abend im Pool erfrischen könnte, wenn die Sonne sich langsam auf den Weg hinter den Horizont machte.

Er bewegte sich auf den Poolbereich zu und blieb plötzlich wie angewurzelt stehen, unsicher, ob er seinen Augen trauen konnte.

War das ein Traum oder litt er unter einer neuen Art von Wahnvorstellungen? Er drehte sich um und ging zurück in den Abstellraum, obwohl er von dort nichts mehr benötigte. Da er unbedingt verstehen wollte, was er gerade gesehen hatte, oder zumindest feststellen wollte, ob es sich um eine Einbildung gehandelt hatte, ging er schließlich zurück zum Poolbereich.

Mit seinen Augen war alles in Ordnung. Vor ihm war der Pool, dessen Oberfläche tatsächlich mit prächtigen

Blättern überseht war. Blätter? Wo kamen die denn her? Es hatte keinen starken Wind oder Regen gegeben, und so war es nicht möglich, dass Schmutz in den Poolbereich befördert wurde.

Naja, ist ja keine so große Sache, dachte er sich, als er den Poolbereich betrat, um die Blätter zu entfernen und mit der Reinigung zu beginnen. Doch was er sah, ließ sein Schocklevel um mehr als das Doppelte seines ursprünglichen Wertes ansteigen.

Was um alles in der Welt war das? Dort, direkt vor seinen Augen, stand ein Baum, ein waschechter Baum. Und er befand sich mitten im Pool. Er war erstaunt und sprachlos, und konnte sich nicht einmal ansatzweise erklären, wie das möglich war. Als er in das Becken tauchte, um sich das Ganze genauer anzusehen, geschah etwas, das er nicht für möglich gehalten hatte: er bekam einen weiteren Schock.

Direkt vor seinen Augen waren dicke Wurzeln, die fest im Boden des Pools verankert waren. Die Wurzeln sahen sehr dick und fest aus. Sogar der Stamm sah robust und gesund aus. Das war ein Rätsel, das er sich nicht erklären konnte. Was machte ein Baum in seinem Pool? Er wusste ohne jeden Zweifel, dass der Baum am Vortag nicht da gewesen war, da er abends noch am Pool gesessen hatte. Ihm war zu dem Zeitpunkt nichts Seltsames aufgefallen. Er war sprachlos.

Ein ungutes Gefühl überkam ihn und ein eisiger Schauer lief ihm über den Rücken. Er glaubte nicht an Geister, das Universum oder an derartige Dinge und schenkte ihnen keine große Beachtung, doch das hier war, gelinde gesagt, etwas bizarr.

Was immer es auch war, er konnte den Baum wohl kaum dort stehen lassen. Er musste ihn loswerden. Er setzte seine Beine, die noch starr vor Schreck waren, in Bewegung und schwamm an die Oberfläche des Beckens. Er stieg aus dem Pool, ein entschlossener Ausdruck auf seinem Gesicht, und marschierte nahezu in Richtung des Geräteschuppens.

Er durchwühlte das Werkzeug, bis er eine Machete fand, die scharf genug aussah, und ging mit ebenso entschlossenen Schritten zurück zum Poolbereich. Er tauchte zum zweiten Mal ab, seine Lippen aufeinandergepresst, sein

Blick entschlossen. Was auch immer das war, es endete jetzt.

Er visierte die Wurzel des Baumes an und schlug mit der Machete zu. Er würde sich später darüber Gedanken machen, wie er den gefällten Baum aus dem Pool entfernen könnte, doch eins nach dem anderen. Der erste Schlag des Messers gegen die Baumwurzel jagte Schmerzen durch seinen Körper, direkt in sein Gehirn. Er fühlte sich, als hätte ihn jemand geschlagen, und blickte angsterfüllt im Schwimmbecken umher, fast als ob er erwartete, dass jemand aus dem Schatten ins Licht trat und sich für den Schmerz verantwortete, den er deutlich in seinen Armen spürte.

Was in aller Welt war das? Unglaublich wütend ging er wieder auf den Baum los, der Schlag diesmal noch gewaltsamer und auf die Äste gerichtet. Aber was geschah ließ seine Augen noch größer werden und schockierte ihn noch mehr. Er schaute zu, wie die Machete gegen den Ast des Baumes prallte, woraufhin dieser herabstürzte und auf den Boden des Pools sank. Von seinem Erfolg beflügelt, riss er seinen Arm zurück, um einen weiteren Ast zu treffen, als das Undenkbare geschah.

Direkt vor seinen Augen schien der Ast, den er vom Baum abgeschnitten hatte, wieder nachzuwachsen. Erschüttert und beunruhigt, kam er zu dem Schluss, dass sein Verstand ihm einen Streich gespielt haben muss, doch dem war leider nicht so. Auch der zweite Zweig, den er vom Baum abgetrennt hatte, wurde vor seinen Augen wieder mit dem Stamm zusammengefügt.

Die Angst, ein unerwünschter aber nicht zu leugnender Besucher, kroch langsam seinen Rücken empor. Er hatte keine plausible Erklärung hierfür. Die zuvor gebrochenen Zweige fügten sich vor seinen Augen wieder aneinander.

Ein eiskaltes Gefühl breitete sich in seinem gesamten Körper aus und seine Beine schienen wie verwurzelt zu sein. Plötzlich, als ob ein Windstoß ihn wieder zur Besinnung brachte, versetzte er seine Beine in Bewegung und verließ den Pool.

Obwohl er plötzlich außer Atem war, war es ihm unmöglich, sich in der Nähe der Pools zu erholen. Er wich weiter davon zurück, fast so, als ob er befürchtete, dass der Schalter, der betätigt worden war, um das zu aktivieren, was er gerade erlebt hatte, bereit war, noch mehr Chaos anzurichten.

Nachdem er seine nasse Kleidung ausgezogen hatte, ging er zurück ins Wohnzimmer, schnappte sich eine Flasche 1970er Wein, und fragte sich, wie er das, was er gerade gesehen hatte, verstehen konnte. Er fragte sich, ob er verrückt geworden sei. Nur so konnte er sich erklären, wie eine Baumwurzel "zurückschlagen" und Äste sich wieder nahtlos an den Rumpf des Baumes fügen konnten, als wären sie nie abgetrennt gewesen.

Hätte ihm jemand von so einem Vorfall erzählt, würde er der Person anbieten, sie ins Krankenhaus zu fahren, um sich den Kopf durchchecken zu lassen. Doch hier saß er nun und wagte es nicht, das Geschehene zu artikulieren. Fast so, als könne er sich einfach weigern es in Worte zu fassen, und es wäre dadurch weniger wahr.

Er spielte kurz mit dem Gedanken Mia anzurufen, aber er wollte sie nicht beunruhigen. Es war vermutlich nichts Schlimmes und er wollte aus einer Mücke keinen Elefanten machen. Vielleicht brauchte er einfach nur ein Nickerchen, um sich von all dem abzulenken.

Abend

Als Alex seine Augen wieder öffnete, war die Welt erblindet. Zumindest hatte es den Anschein. Der Raum war stockdunkel und er konnte nichts erkennen.

Er muss wohl ziemlich lange geschlafen haben, dachte er sich. Es war nicht weiter verwunderlich, schließlich war das Aufräumen und Putzen vorher sehr anstrengend gewesen. Der Gedanke an das Putzen erinnerte ihn an den skurrilen Poolvorfall, aber er war noch nicht bereit, sich mit der Lawine der Verwirrung auseinanderzusetzen, die mit dem Gedanken einherging, also schob er ihn einfach in den entlegensten Winkel seines Kopfes.

Gähnend und gleichzeitig vom Bett aufstehend, griff er nach seinem Handy auf dem Nachtschrank. Zumindest würde das Licht des Bildschirms ausreichen, um sicherzustellen, dass er zum Lichtschalter gelangte, ohne sich einen Zeh oder etwas Anderes zu brechen.

Er meinte sich zu erinnern, dass es wenige Minuten vor drei Uhr nachmittags gewesen war, als er ins Bett gegangen war. In der Regel dauerte seine Siesta nie mehr als zwei

Stunden und er wäre normalerweise gegen fünf Uhr abends aufgewacht.

Der Dunkelheit des Raumes nach zu urteilen, vermutete Alex jedoch, dass er fast sechs Stunden geschlafen hatte. Das würde bedeuten, dass es etwa 21 Uhr war. Er hatte wirklich nicht vorgehabt, so lange zu schlafen.

Schließlich fand er sein Handy und entriegelte gedankenverloren den Bildschirm. Was er sah raubte ihm jedoch den Atem, als ob ihm jemand die Luft aus den Lungen entzogen hatte. Er versuchte gelassen zu bleiben und kam zu dem Schluss, dass die Erlebnisse des Tages seinen Kopf durcheinandergebracht hatten. Vermutlich war die Uhr auf dem Handy einfach defekt. Er lachte über sich selber, als er den Lichtschalter suchte und schon bald war der Raum von Licht durchflutet.

Doch sein Albtraum war noch nicht vorbei. Dort an der Wand befand sich die Uhr. Sie war strategisch so platziert, dass sie aus fast jedem Winkel des Raumes zu sehen war. Die Uhr war für ihn nicht von Interesse, die Tatsache, dass sie immer funktionierte, jedoch schon. Er konnte genau sehen, dass der lange Zeiger der Uhr irgendwo zwischen eins und zwei gefangen war, während der kürzere Zeiger zweifellos auf der fünf ruhte. Es war 17:07 Uhr. Die Uhr auf seinem Handy war nicht kaputt, es war tatsächlich nur wenige Minuten nach 17 Uhr.

Er stürzte aus dem Schlafzimmer und stieß auf die gleiche undurchdringliche Wand aus Dunkelheit. Nirgends war ein Licht zu sehen. Der Flur, das Wohnzimmer und alle Eingänge waren stockdunkel.

Ging die Welt im Eiltempo unter? Es klang albern, aber es war die einzige plausible Erklärung für dieses Phänomen. Erst die Auseinandersetzung, die er am Nachmittag mit dem Baum hatte, und jetzt das. Warum war es abends um 17 Uhr stockfinster?

Langsam und vorsichtig verließ er das Schlafzimmer; fast so als hätte er Angst, er könnte einem Eindringling im Haus begegnen. Aus irgendeinem Grund herrschte eine unheilvolle Stimmung, als ob mit der Welt etwas nicht stimmte. Die Tatsache, dass er alleine zu Hause war, machte es nicht besser. Sie hatten dieses Haus von Grund auf neu gebaut, so dass die Möglichkeit eines Geisterhauses nicht in Frage kam. Dies war kein Haus, in dem jahrzehntelang Generationen gelebt hatten, deren Seelen sich stur weigerten, sich von ihren heiligen Hallen zu verabschieden.

Während er umherlief, schaltete er überall das Licht ein, sodass das Haus bald hell erleuchtet war. Nun, da alles gut beleuchtet war, fühlte er sich ein wenig gelassener. Zumindest konnte er jetzt sicher sein, dass sich in den Schatten kein schwarzer Mann versteckte, der nur auf den richtigen Moment wartete, um sich auf ihn zu stürzen.

Vielleicht gab es eine Sonnenfinsternis, von der er nichts wusste. Alex schüttelte den Kopf, als er die Idee wieder verwarf. Er war immer auf dem Laufenden. Sein Radio glich seinem Schatten und war nie weit von ihm entfernt. Aber es musste doch eine Erklärung geben. Vielleicht hatten selbst die Wissenschaftler nichts von dieser bestimmten Sonnenfinsternis gewusst. Sie wurden einfach davon überrascht. Aber selbst das schien ihm zu oberflächlich. Diese Wissenschaftler starrten doch konstant in die Sterne und versuchten alles auseinanderzunehmen und zu verstehen. Er konnte sich nur schwer vorstellen, dass die Sonne sich einfach entschied, für ein paar Stunden Urlaub zu machen, und die Wissenschaftler überlistete.

Er ging in die Küche und griff in den Kühlschrank, um sich ein Bier zu nehmen. Er drehte sich um, entfernte den Deckel und setzte die Flasche an die Lippen. So schnell das Bier hereinkam, so schnell kam es auch wieder heraus und spritzte auf die Tischplatte vor ihm.

Vor ihm war ein Anblick, den er nicht glauben wollte. Jedoch war er nicht zu leugnen, schließlich war es direkt vor seinen Augen. Er bewegte sich auf die Glaswand zu, nur um sich zu vergewissern, dass seine Augen sich nicht geirrt hatten.

Es stellte sich als wahr heraus. Wie eine grüne Explosion auf einem durchsichtigen Hintergrund, waren die Fenster in einer Vielzahl von Grüntönen mit Pflanzen bedeckt. Überall wo er hinschaute, sah er grün. Es gab keine Lücken oder Spalten, durch die sich das Licht hätte hereinschleichen können.

Obwohl es ihm nicht geheuer war, war Alex neugierig. Er schaltete die Außenbeleuchtung an und machte sich auf den Weg nach außen. Dort entdeckte er, dass die Welt tatsächlich verrückt geworden war.

Überall war Gras. Von der Küche aus konnte er lediglich die Wände der Küche sehen. Jetzt, da er draußen stand, konnte er das Haus ganzheitlich betrachten, und was er sah, ließ seine Gedanken stillstehen. Es fühlte sich so an, als könne sein Gehirn sich keinen Reim darauf machen, was sein Sehsinn übermittelte, und weigerte sich demzufolge das Bild überhaupt zu verarbeiten.

Die Wände des Hauses, das Dach, die Veranda, wo auch immer er hinblickte, sah er grün. Kein Wunder, dass er nach dem Aufwachen angenommen hatte, es sei Nacht. Das Grün hatte jeden einzelnen Teil des Hauses, das Licht reflektieren konnte, erobert. Er fühlte sich, als sei er gerade in einem Horrorfilm aufgewacht, den er noch nicht kannte.

Obwohl er tief in seinem Herzen schon ahnte, was ihn erwartete, drehte er sich dennoch um und folgte dem Pfad, der zum Garten führte. Als er den Garten sah, blieb er wie angewurzelt stehen. Wo sich vorher strauchgroße Pflanzen befanden, standen jetzt Bäume. Alles schien exponentiell gewachsen zu sein. Das Gras auf dem Boden reichte ihm jetzt fast bis zu den Knöcheln. Er wusste nicht was geschah. War das eine Art Pflanzenmutation?

Jetzt war er am Pool. Wo die Blätter des Baumes zuvor ein wenig über das Wasser hinausragten, schienen sie sich jetzt noch höher zu befinden. Alex schlich sich zum Rand des Pools und blickte hinein. Der Baum hatte mittlerweile fast das gesamte Becken übernommen. Die Wurzeln schienen sich noch weiter verzweigt zu haben und nahmen nun noch mehr Platz auf dem Boden des Pools ein. Ihm schoss der Gedanke durch den Kopf, dass es überraschend war, wie üppig und gesund die Blätter aussahen, als ob sie von jemandem gepflegt wurden.

Das, was er sah, ergab für ihn keinen Sinn, und in diesem Moment, als seine Gehirnaktivität sich verlangsamt zu haben schien, spielte es wohl auch keine Rolle. Alex warf einen letzten Blick auf den Pool, bevor er sich umdrehte und in Richtung des Hauses zurückging. Wenn die Welt wirklich unterging, würde er es vorziehen, wenn er im Haus war, wenn es geschah, anstatt inmitten des Wahnsinns gefangen zu sein.

Er griff nach seinem Telefon, um seine Familie anzurufen. Er hatte nicht die Absicht, ihnen etwas davon zu erzählen. Er war sich ziemlich sicher, dass es sich hierbei um einen Einzelfall handelte, und wollte nicht, dass sie sich unnötig Sorgen machten. Er wollte einfach nur ihre Stimmen hören, um sich zu vergewissern, dass es ihnen gut ging und dass er wirklich noch unter den Lebenden weilte.

Er drückte auf Anrufen und stellte es auf Lautsprecher, aber der Anruf ließ sich nicht verbinden. Es gab keine Rückmeldung, keine Aufforderung eine Nachricht zu hinterlassen oder dergleichen. Die Leitung blieb tot. Verärgert über einen vermeintlichen Fehler des Netzanbieters, beendete er den Anruf und warf das Handy auf den Tisch.

Alex saß am Küchentisch, stützte seinen Kopf auf die Hände und schien ins Leere zu starren. Die grüne Vielfalt, die ihren Weg irgendwie auf die Wände gefunden hatte, fesselte seinen Blick. Er überlegte, seinen Laptop zu holen und ein bisschen zu arbeiten. Dank seiner ungeplanten Siesta am Nachmittag, hatte er ein paar Dinge zu erledigen. Das einzige Problem war seine Konzentration. Er war äußerst abgelenkt und wusste zweifellos, dass er sich nur selbst etwas vormachen würde, wenn er sich vor den Laptop setzte und vorgab zu arbeiten.

Zu Bett zu gehen war auch keine Option. Er war gerade erst aufgewacht und fühlte sich nicht müde. Er würde ein Buch lesen, beschloss Alex. Er war ein begeisterter Leser und hatte einige Klassiker in seiner Sammlung, die noch unberührt waren.

Bücher waren für ihn schon immer ein praktikables Mittel zur Flucht gewesen. Für jenen kurzen Moment konnte er alles vergessen, das ihn plagte, und in die Seiten des Buches eintauchen.

Er konnte jede Identität annehmen, die ihm gefiel, und sein, wer immer er wollte. Er konnte ein milliardenschwerer Cowboy sein, der ein hübsches Mädchen in Not rettete, oder Hulk, ein Superheld, der seine Liebsten beschützte.

In der Welt der Bücher musste er sich nicht damit auseinandersetzen, dass er im unreifen Alter von 45 Jahren womöglich seinen Verstand verloren hatte und senil geworden war. Den Gedanken an die verschiedenen Möglichkeiten, wie ein Baum inmitten seines Pools wachsen oder das gesamte Äußere des Hauses von Pflanzen eingenommen werden konnte, konnte er in die entlegensten Winkel seines Kopfes drängen.

Je mehr er über die zahlreichen Vorteile nachdachte, desto mehr erkannte er, dass es die beste Idee war, die er an dem Tag gehabt hatte. Alex trank hastig das restliche Bier und ließ die Flasche auf dem Tisch stehen. Er schob den Stuhl, auf dem er saß, nach hinten und steuerte auf den kleinen Raum zu, der als Hausbibliothek diente.

An einem Tag, an dem absolut nichts so gelaufen war, wie es eigentlich sollte, würde er den Stier bei den Hörnern packen, und selbst wenn es das einzige war, wo er noch das Sagen hatte, so war es zumindest etwas.

Er suchte also nach einer Romanze oder nach etwas Seichtem. In dieser Nacht wollte Alex definitiv nichts über das Paranormale oder über Krieg lesen.

Das Mysterium

Alex kam in der Bibliothek wieder zu Sinnen. Er war unwissentlich eingeschlafen. Das letzte, woran er sich erinnern konnte, war, dass er ein Buch gelesen hatte, aber er musste wohl dabei eingenickt sein. Das Licht im Raum war an und er konnte alles sehr deutlich erkennen. Er war bis etwa 3 Uhr morgens wach gewesen. Das Buch, das er gelesen hatte, hatte von Freundschaft gehandelt und war sehr fesselnd gewesen.

Er hatte ungefähr fünf Stunden geschlafen, denn jetzt war es Viertel nach acht. Er streckte sich, stand auf, und legte gleichzeitig das Buch wieder in die richtige Lücke im Regal zurück.

Das Haus war von künstlichem Licht durchflutet. Offenbar war der Status quo von gestern noch in Kraft. Beim Betreten des Wohnzimmers war die Situation noch immer die gleiche und wenn er nach außen blickte, konnte er nur die grüne Wand sehen.

Es gab nichts, was er dagegen unternehmen konnte und er war es leid, sich über etwas verrückt zu machen, das er nicht ändern konnte. Die ganze Situation war bizarr. Was er jedoch tun konnte, war sich ein gesundes Frühstück zu-zubereiten, und sich dann den Dingen zu widmen, die der Tag für ihn bereithielt.

Mit dieser Entschlossenheit schaltete er sein Radio ein, das er auf dem Küchenschrank stehen gelassen hatte, und begann sich sein Müsli herzurichten. Während er gerade Kaffee zubereitete, erregte eine bestimmte Nachrichten-meldung seine Aufmerksamkeit und seine Hand hing für einen Augenblick starr in der Luft.

In der Nacht war mitten auf der Autobahn ein Baum gefunden worden. Hatte er richtig gehört? Seine Aufmerk-samkeit war sofort auf das Radio gerichtet und er rückte näher, um besser zuhören zu können und zu bestätigen, ob er wirklich richtig gehört hatte, oder ob er lediglich Infor-mationen projizierte, die bereits in den Tiefen seines Ge-hirns gespeichert waren.

Er hörte aufmerksam zu, als die Nachrichtensprecherin bekräftigte, dass ein ausgewachsener Baum mitten auf der Autobahn gefunden worden war. Ihr zufolge war gestern gegen 21 Uhr ein nichtsahnendes Ehepaar, auf dem Weg von der Arbeit nach Hause, gegen den Baum gefahren. Dabei war niemand ums Leben gekommen, jedoch erlitten beide Verletzungen, und die Stoßstange ihres Autos war beinahe vollständig zerstört.

In ihrer Stimme konnte man die Verwirrung hören, als die Nachrichtensprecherin erstaunt fragte, wie es ein Baum schaffte, sich mitten auf der Autobahn wiederzufinden. Es war unmöglich, dass jemand beschlossen hatte, einen Baum von irgendwoher zu holen und einfach umzupflanzen. Abgesehen von der offensichtlichen Tatsache, dass die Straße hart und unnachgiebig war und sich nicht für lebende Pflanzen eignete, mangelte es Bäumen zudem an der Fähigkeit, in nur wenigen Stunden zu wachsen, selbst wenn sie dort überleben könnten.

Es war offensichtlich, dass etwas vor sich ging, auch wenn er keine Ahnung hatte, was genau das war. Auch wenn dies in keiner Weise gute Nachricht waren, war es dennoch schön zu wissen, dass er wirklich nicht verrückt war. Sein Haus war weder verzaubert, noch wurde es von Seelen vergangener Generationen heimgesucht.

Im Haus herrschte eine erdrückende Atmosphäre und er schnappte sich spontan seinen Autoschlüssel. Er würde Mike besuchen gehen. Es war weniger als eine Autostunde entfernt und er war sich so gut wie sicher, dass Mike schon so einige Theorien hinsichtlich all dem haben würde.

****

Dreißig Minuten waren vergangen, seit Alex das Haus verlassen hatte, und er war noch immer kein Stück näher an Mikes Haus. Normalerweise dauerte die Fahrt maximal 45 Minuten, doch der heutige Tag erwies sich als Ausnahme.

Er hasste Verzögerungen, vor allem, wenn er nicht erkennen konnte, was der Grund war. Im Auto lief das Radio, hauptsächlich, weil er es gewohnt war. In diesem Moment achtete er jedoch nicht darauf. Seine Gedanken waren eher auf die Straße vor ihm fokussiert und auf die Frage, warum es so aussah, als gäbe es einen Stau.

Endlich, dachte er, als er aufblickte. Ein uniformierter Polizist lief in seine Richtung. Er beobachtete, wie dieser an einigen der Autos stehenblieb und ein paar Worte mit den Insassen wechselte. Er vermutete, dass diese dem Beamten ein paar Fragen über den Grund für die Straßensperre stellten. Er hatte selbst ein paar Fragen und wartete ruhig in seinem Auto, bis der Polizist direkt neben seinem Wagen stand.

"Guten Tag", sagte er mit einem kleinen Lächeln, seine Augen respektvoll auf die des Polizisten gerichtet.

"Guten Morgen."

"Könnten Sie mir vielleicht den Grund für diesen Stau nennen? Ich bin jetzt seit fast 15 Minuten hier und habe mich keinen Zentimeter nach vorne bewegt. "

Der Offizier blickte ihn an, sein Gesicht ausdruckslos, jedoch höflich. Alex fuhr fort: "Ist hier irgendwo eine Baustelle oder so?"

"Nichts dergleichen", antwortete schließlich der Beamte, auf dessen Namensschild Davies zu lesen war, "wir müssen nur ein paar Dinge von der Straße räumen und dann können Sie alle weiterfahren. Entschuldigen Sie bitte die Unannehmlichkeiten."

"Natürlich."

Der Beamte machte sich nach dem Gespräch wieder auf den Weg und Alex konnte beobachten, wie er in den nächsten Minuten an einigen weiteren Autos stehen blieb. Er fragte sich, ob sie die gleiche vage Erklärung erhielten wie er.

Er hatte genug davon, im Auto zu sitzen, also stieg er aus und schloss die Tür ab. Er entschloss sich ein paar Schritte zu laufen und nachzusehen, was genau den Stau verursacht hatte. Scheinbar war er nicht der einzige, der diesen Gedanken hatte, denn schon bald konnte er sehen, wie andere Leute aus ihren Autos ausstiegen. Doch während er sich dem Ursprung des Stillstands näherte, standen die meisten von ihnen an den Türen ihrer Autos und schauten nach vorne.

Als Alex die Spitze erreichte, verschlug ihm der Anblick die Sprache. Der erste geistlose Gedanke, der ihm in den Sinn kam, war, dass der Tag fortan als Weltbaumtag bezeichnet und den Bäumen gewidmet werden sollte. Vor ihm befand sich der dritte bizarre Anblick, der ihm in nur wenigen Stunden begegnet war. In der Mitte der Straße standen zwei Autos. Nun, das war natürlich nichts Besonderes. Oder zumindest wäre es das nicht, wenn da nicht die Bäume wären, die aus den Autodächern ragten.

Über den Autos hingen unzählige Blätter, die wiederum an Ästen hingen, welche mit etwas Massivem verbunden zu sein schienen. Und siehe da, es war ein Baum. Er spürte die Blicke der anderen Menschen, als er sich in Richtung der Autos bewegte, und er konnte die unausgesprochenen Fragen regelrecht *hören*. Warum lief er so zielbewusst auf ein Auto zu, aus dem ein Baum wuchs?

Er ignorierte die neugierigen Blicke und kniete sich hin, als er das erste Auto erreichte. Er legte sich flach auf den Boden und bekam einen weiteren Schock. Während die kräftig aussehenden Wurzeln des Baumes, den er in seinem Pool gefunden hatte, sich fest am Beckenboden festzuhalten schienen, war das hier eine ganz andere Sache.

Von seiner Position am Boden aus konnte er die Wurzeln dieses Baumes nicht sehen. Die Wurzeln waren tief im

Boden verankert. Er schloss seine Augen für einen Augenblick und wunderte sich über diese neue Entwicklung. Wie war es möglich, dass ein voll ausgewachsener Baum mitten auf der Straße auf Beton wuchs? Und ähnlich dem Baum in seinem Pool zu Hause, waren die Blätter grün und üppig und sahen aus, als hätten sie die bestmöglichste Pflege erhalten.

Alex glaubte nicht, dass irgendeine Möglichkeit bestand, dass sie weiterfahren können würden. Selbst der Polizist musste das gewusst haben, aber er konnte verstehen, dass sie diskret handeln mussten, um zunächst einen Plan zu entwickeln, der sicherstellen würde, dass die zahlreichen Autos von dieser Straße verschwanden.

Die einzige Möglichkeit, die Straße wieder befahrbar zu machen, bestand darin, die Autos aus der Mitte zu entfernen. Und dazu müssten erst einmal die Bäume beseitigt werden. Das würde einen Aufwand erfordern, an den Alex nicht einmal denken wollte, und er war froh, dass es nicht seine Aufgabe war, sich damit auseinander zu setzen.

Nachdem er das gesehen hatte, was er wollte, stand er auf, wischte den Staub von seiner Hose ab, und ging dann zurück zu seinem Auto. Er würde so lange darinsitzen, bis feststand, ob sie weiterfahren konnten oder ob sie umkehren mussten. Schon bald entschuldigte sich ein anderer Polizist für die Verzögerung. Er erklärte die Situation so gut wie möglich, ohne dabei wie ein Panikmacher zu klingen, und teilte ihnen mit, dass sie alle umkehren müssten.

"Der derzeitige Stand ist, dass es ein Hindernis gibt, welches nicht von der Straße entfernt werden kann. Wir bitten um Nachsicht, bitte drehen Sie um. Weitere Polizisten sind vor Ort, um Ihnen Fragen zu beantworten, falls Sie welche haben. Wir entschuldigen uns für die Störung Ihrer Pläne und wünschen Ihnen einen schönen Abend."

Bald war Alex auf dem Weg zurück nach Hause. Es gab noch einen anderen Weg, den er hätte nehmen können, um Mike zu besuchen, aber er hatte die Lust verloren überhaupt noch auszugehen. Er nahm sich vor, Mia und die Kinder am nächsten Tag anzurufen. Er hoffte, dass die Verbindung besser sein würde, als beim letzten Mal.

Sein Kopf durchlief die ganze Bandbreite an Emotionen, ohne sich auch nur länger als einen Moment auf eine festzulegen. Als er nach Hause kam, blieb er in seinem Auto sitzen und ließ den Motor laufen. Sein Verstand beschwor Vorstellungen von dem dunklen Inneren des Hauses herauf, vom Licht verlassen und die Wände mit Pflanzen bedeckt.

Seufzend stellte er den Motor ab und ging ins Haus. Er erinnerte sich, dass er vor zwei Tagen den Garten hätte pflegen sollen. Er hatte es aus zwei Gründen nicht gemacht. Zum einen hatte er viel zu tun gehabt, doch das war zum Großteil nur eine Ausrede. Zum anderen, und das kam der Wahrheit schon ein Stückchen näher, hatte er Angst davor, in den Garten zu gehen, geschweige denn dort zu bleiben.

Er war immer noch schön, doch jetzt war es die Schönheit der wilden Natur. Die Pflanzen wuchsen ungezähmt und unkontrolliert, fast so, als seien sie von einer höheren Macht berufen. Er würde sich mit Sicherheit nicht in diesen Vorgang einmischen und zog es vor, die Pflanzen so wachsen zu lassen, wie sie es taten. Außerdem hatte er seine Erfahrung mit dem Baum nicht so schnell vergessen und war nicht wild darauf, das Ganze noch mal zu erleben.

Als er das Haus betrat, warf er seine Autoschlüssel auf den Beistelltisch und ließ sich in den erstbesten Sessel fallen. Das Licht brauchte er auch nicht einzuschalten, denn er hatte es überall angelassen, als er das Haus verlassen hatte. Die Dunkelheit war allumfassend und er hatte nicht vorgehabt, in ein stockdunkles Haus zurückzukommen.

Er lehnte sich zurück gegen die Lehne und hörte mit einem Ohr den monotonen Stimmen im Radio zu.

"... den Bewohnern von Zürich wird empfohlen, sich von den öffentlichen Schwimmbädern fernzuhalten. Es werden Tests durchgeführt, um das Problem und die möglichen wirksamen Lösungen zur Bekämpfung dieser Entwicklung zu ermitteln. Bitte seien Sie versichert, dass alle Anstrengungen unternommen werden und die Regierung intensiv daran arbeitet, um zu gewährleisten, dass sich dieses Ereignis nicht wiederholt. Vielen Dank für Ihr Verständnis."

Jetzt war Alex ganz Ohr, als er sich fragte, wofür sich die Regierung entschuldigte. War dieses Mal mitten im Regierungsgebäude ein Baum gewachsen? Zuversichtlich, dass auch andere Stationen die Nachrichten übertragen würden, wechselte er den Sender. Es klang ziemlich wichtig, und wenn dies der Fall war, dann würden viele der großen Sender davon berichten.

Es stellte sich heraus, dass er recht hatte, denn schon bald konnte er den Anfang der Meldung auf einer anderen Station hören. Soweit er sagen konnte, war derzeit keines der öffentlichen Schwimmbäder in Zürich nutzbar. Dem Bericht zufolge hatte ein einsamer Schwimmer ein seltsames, kontinuierliches Geräusch wahrgenommen, das scheinbar vom Pool ausging, und hatte dies den zuständigen Behörden gemeldet. Als diese dort ankamen, war die gesamte Oberfläche des Beckens bereits von braunen Fliegen eingenommen worden. Laut Bericht waren es Hunderte, möglicherweise sogar Tausende von ihnen gewesen.

Obwohl er selbst keines dieser Schwimmbäder besucht hatte, fiel es Alex nicht schwer, sich vorzustellen, wie der Pool wohl ausgesehen haben muss. Ein großes, mit Fliegen bedecktes Gewässer muss wohl ein außergewöhnlicher Anblick gewesen sein. Was die ganze Sache noch spezieller machte, war die Tatsache, dass die Fliegen in allen sieben Schwimmbädern, über die berichtet wurde, äußerst lebendig und aktiv waren. Das berichteten mehrere Beobachter und Einzelpersonen, die jeweils an einem der Pools anwesend gewesen waren.

Die Nachrichten gingen zur nächsten Meldung über und Alex hörte zu, als eine Liste bekannter Routen vorgelesen wurde. Er wunderte sich über deren Bedeutung, doch musste nicht lange warten, bis erläutert wurde, dass auf diesen Straßen Bauarbeiten zugange waren und alternative Routen vorgeschlagen wurden. Alex hatte das Gefühl, dass die Bauarbeiten auf diesen Strecken mit dem mysteriösen Erscheinen alter Bäume an Orten, an denen sie nichts zu suchen hatten, zu tun hatten.

Doch nicht nur die Straßen waren betroffen. Auch Restaurants wurden vorübergehend geschlossen, und Geschäftsinhaber gaben bestimmte Uhrzeiten an, zu denen ihre Geschäfte geöffnet waren.

Es schien etwas im Gange zu sein, doch er konnte sich weder einen Reim darauf machen, noch es genauer bestimmen. Er dachte über die Ereignisse der letzten Tage nach und versuchte einen Zusammenhang herzustellen. Vielleicht könnte er ein Muster erkennen, dass irgendwie Sinn ergab.

Soweit er sehen konnte, gab es keine Überschneidungen. Der einzige gemeinsame Faktor in all dem war die Präsenz der Farbe Grün. Auf diese Weise hatte es sich in seinem Kopf dargestellt und nur so konnte er den Gedanken in Worte fassen.

Im Pool war es ein robuster Baum gewesen, der entweder dort gewachsen oder dort platziert wurde, das spielte keine Rolle. Was zählte, war der Baum. Grün. Die Wände des Hauses hatten ein vertrautes Verhältnis mit einem Überfluss an Gräsern. Grün. Erst heute hatte er zwei Autos gesehen, aus denen Bäume gewachsen waren. Grün.

Die einzige Abweichung von diesem bestehenden Muster war der Vorfall in den Schwimmbädern. Hier gab es keine Bäume oder Gräser, die an Orten aus dem Boden schossen und das Kommando übernahmen, an denen sie nicht einmal vorkommen sollten. Jedes andere Ereignis hatte einen gemeinsamen Nenner.

Um ihn herum war alles grün. "Grün" als Wort, als Farbe, und als Wesen schien eine Botschaft zu vermitteln, doch Alex hatte keine Ahnung, welche das war.

Ruf der Wildnis

Ich spürte noch immer die Überreste des Albtraums. Ich war versucht, mit meiner linken Hand nach meinem Hals zu greifen. Ich spürte dort einen Schmerz und war mir ziemlich sicher, dass ich dort Spuren hatte. Es wäre ein absolutes Wunder, wenn ich dort keine nennenswerte Verletzung hatte.

Ich sollte mir etwas Wasser ins Gesicht spritzen. Vielleicht hatte ich mich dann, wenn die letzten Tropfen von meinem Gesicht fielen, wieder ein wenig beruhigt und würde den Albtraum, den ich gerade hatte, in den Griff bekommen. Obwohl ich versuchte es zu vermeiden, griff ich mit der Hand nach meinem Hals und ich spürte die linienförmigen Furchen, die dort verliefen.

Mit überraschend klarem Verstand stellte ich mich mittig vor den Spiegel. Die Linien auf meinem Hals waren hochrot und sahen aus, als könnten sie zu Striemen werden, wenn sie nicht richtig behandelt wurden.

Ich erinnerte sich daran, was in meinem Traum geschehen war, wie die Spuren entstanden waren. Aber war es wirklich nur ein Traum gewesen? Es hatte sich so echt angefühlt; der metallische Geschmack von Angst in meinem Mund; der Adrenalinstoß, als ich versuchte, mich zu entwirren.

In der einen Minute hatte ich noch im Garten gekniet, die Blumen gestutzt und gepflegt, und in der nächsten waren die Blumen alle plötzlich auf das Dreifache ihrer normalen Größe angewachsen, so dass sie mich überschatteten und ich mich inmitten der Pflanzen unbedeutend fühlte. Mein Überlebensinstinkt setzte ein und ich wich zurück, aber die Blumen und Gräser waren mir dicht auf den Fersen, egal wie schnell ich mich bewegte oder wie weit ich kam.

Schon bald spürte ich, wie sich die Ranken um meinen Hals wickelten, mir die Kehle zuschnürten und versuchten, das Leben aus mir herauszuquetschen. Meine Augen waren schon halb geschlossen und mein Verstand fühlte sich wohl in diesem Zustand, in dem ich an nichts mehr denken musste. Ich könnte einfach loslassen, und das hatte ich auch bereits, als ich spürte, wie der Druck der Ranke ebenso plötzlich von meinem Hals verschwand wie er gekommen war.

Ich konnte die Blumen wieder erreichen und die Gräser waren auf Bodenhöhe. Auch die Sonne wählte den exakten Moment, um den Wolken zu entfliehen, die sie überschattet hatten. Plötzlich, innerhalb eines Momentes, schien die Luft wieder klarer und die Welt heller zu sein. Oh, wie schön und richtig alles aussah.

****

Mit einem Seufzer stand Alex aus dem Bett auf. Er hätte schwören können, dass er einen Film angeschaut hatte, in dem er der Hauptdarsteller war. Alles war so klar und prägnant gewesen. Er war davon überzeugt, dass ihm dieser teils Traum, teils Albtraum eine Botschaft übermitteln sollte, aber er hatte keine Ahnung welche. Irgendwie konnte er sich nicht davon überzeugen, dass es sich "nur" um einen Traum gehandelt hatte. Sein Bauchgefühl sagte ihm, dass daran nichts Einfaches war. Und obwohl er nichts mit der potenziellen Botschaft anzufangen wusste, legte er diese an einem sicheren Ort in seinem Kopf ab, sodass er sie gegebenenfalls wieder abrufen konnte, wenn sich dies zu einem späteren Zeitpunkt als erforderlich erweisen würde.

Er hatte im Laufe des Sommers eine gewisse Routine entwickelt. Er wachte auf und sorgte dafür, dass er sich vor zehn Uhr morgens geduscht und angezogen hatte. Er las keine Zeitung und ging in die Küche, um sich ein leichtes Frühstück zuzubereiten. Nach dem Frühstück arbeitete er ein wenig und hörte über sein Radio mit einem Ohr den Geschehnissen auf der ganzen Welt zu.

Heute morgen schien in der Welt so einiges los zu sein. Es schien, als sei die Welt auf den Kopf gestellt, und überall versuchten die Menschen unerklärliche Situationen zu verstehen und zutreffende Erklärungen für Geschehnisse zu geben, die sich jeglicher Logik widersetzten.

In Afrika hatten die Vögel das Sagen. Alex spürte, wie sich seine Augenbrauen in Folge der reißerischen Aussage der Nachrichtensprecherin hoben. Sie fuhr fort, um ihre Pauschalaussage näher auszuführen. Öffentliche Plätze waren von Vögeln eingenommen worden. Dazu gehörten

Marktplätze, Schuleinrichtungen, Arbeitsplätze und die meisten ähnlichen Außenbereiche.

Dem Bericht zufolge waren verschiedene Vogelarten zu sehen: der Kleine, der Große, der König und der Diener. Da Menschen es zu tun pflegen, ernste Situationen zu bagatellisieren, soll ein besonders lustiger Beobachter gesagt haben, dass es wie eine Vogelkonferenz aussehe, an der Vögel aus verschiedenen Teilen der Welt teilnahmen. Eine weitere Person soll gesagt haben, es käme ihr so vor, als würden die Vögel nicht ganz so stillschweigend protestieren.

Aus irgendeinem Grund traf das bei Alex einen Nerv, obwohl er keine klare Vorstellung davon hatte, warum das so war.

Es wurde berichtet, dass Bären in Teilen Asiens ihren natürlichen Lebensraum, ihren Wald, verlassen hatten und nun in den Gärten der Menschen lebten. Zu diesem Zeitpunkt hatte Alex die Arbeit, die er gerade machte, vergessen, und seine Aufmerksamkeit gespannt auf die Stimme im Radio gerichtet.

Die Bären schienen sich in ihrem neugewonnenen Lebensraum wohl zu fühlen, und man sah sie friedlich faulenzen und Menschen anstarren, die ihnen trübselige Blicke zuwarfen.

Alex konnte nicht verstehen, wie ausgerechnet Bären inmitten von Menschen leben konnten. Er war erstaunt, dass die Vögel öffentliche Plätze eingenommen hatten, aber irgendwie war das nun noch überraschender. Vögel waren freie Lebewesen, und ihre Lebensaufgabe war das Fliegen. Das bedeutete, dass sie, solange der Himmel existierte, immer einen Ort haben würden, an den sie gehen konnten.

Die Bären hingegen waren eine ganz andere Sache. Ihr Lebensraum war der Busch, wo die Natur ihnen als Schirm diente und ihre einzigen Nachbarn Tiere wie sie waren. Jetzt zu erfahren, dass diese Tiere plötzlich in einzelnen Gärten aufgefunden wurden, war etwas, das er nicht begreifen konnte.

Wie waren sie dort hingekommen? Was waren die Kriterien für die Wahl des richtigen Gartens? Hatten sie sich einfach dazu entschieden, den Wald zu verlassen und sich in die Mitte der Menschen zu begeben?

Die letzte Frage, die die Landschaft seines Geistes durchlief, ließ Alex innehalten. Was war nur mit ihm los? Er schrieb den Bären Kompetenzen wie Denken, Planen und Ausführen zu. Um Himmels willen, es waren nur Tiere. Sie konnten nichts Anderes als essen und schlafen.

Doch so sehr er das auch glauben wollte, stellte er fest, dass er es nicht konnte. Irgendwie wurde eines Morgens in verschiedenen Gärten in verschiedenen Ländern eine riesige Bärenpopulation vorgefunden. Sie wurden am selben Tag gefunden, nicht an verschiedenen Tagen. So absurd es ihm auch erschien, existierte hier scheinbar eine Koordination, die er nicht leugnen konnte.

Sein Kopf war wie ein Schwamm, der zunächst alle Informationen aufnahm, und sich dann die Zeit nahm, alle Teile zu sichten und seine eigenen Schlussfolgerungen zu ziehen. Die Informationsflut war offenbar noch nicht vorbei, denn die nächste Meldung, die er hörte, hatte etwas mit Kaninchen zu tun, und damit, dass sie wichtige Bushaltestellen in Europa regelrecht überschwemmt hatten.

Berichten zufolge war ihre Bevölkerung so groß, dass die Menschen sich entscheiden mussten, ob sie durch die

Menge hindurchlaufen oder an Ort und Stelle bleiben wollten. Es war einfach zu erraten, für welche Option sich die meisten Leute entschieden. Es war der Mühe nicht wert, sich mit Kaninchen um Platz zu streiten.

In all diesen Szenarien waren die Tiere friedlich. In der Tat könnte eine künstlerisch gesinnte Person behaupten, sie schienen damit zufrieden zu sein, einfach zu existieren, einfach zu sein. Ein anderer scharfsinniger Beobachter könnte Poesie mit Worten spielen und sagen, dass sie aufgeschlossen schienen, fast so, als würden sie eine Unterhaltung begrüßen, die die Gründe für ihre Handlungen zu verstehen versucht.

Aber das wäre albern, denn Tiere konnten nicht sprechen, zumindest nicht in einer Sprache, die für die Mehrheit der Menschen Sinn und Verständnis innehielt. Es existierte hier eine Kluft, die nicht mit schnellen, verfügbaren Lösungen begegnet werden konnte.

Alex hatte das starke Gefühl, dass all dies einen tieferen Sinn hatte und in der Zufälligkeit des Ganzen eine innere

Ordnung existierte. Die frustrierende Tatsache, dass er diesen Sinn nicht erkennen konnte, konnte ihn jedoch nicht von dieser Denkrichtung abbringen.

Der Rang der Natur

Während sein Radio zuvor ein ständiger und treuer Begleiter gewesen war, war es jetzt nahezu ein Teil von ihm. Es war für ihn jetzt unvorstellbar, es für gewisse Zeit nicht um sich zu haben. Ob im Badezimmer, in der Küche oder im Wohnzimmer, sein Radio war in seiner Nähe. Selbst wenn er schlief, stellte er es auf den Nachttisch neben ihm, fast so, als ob die Kraft der Nachrichten allein ausreichen würde, um ihn aus der jeweils erreichten Ebene der Bewusstlosigkeit herauszuziehen.

Wie üblich hatte er sein Radio im Wohnzimmer bei sich, wo er in strammer Haltung saß. Er dachte sich, dass man die Ereignisse der letzten Woche vermutlich als lustig betrachten konnte, außer, dass sie es wirklich nicht waren. Er hatte die Nachrichten verfolgt und es schien, als hielt jeder neue Tag eigene eigenartige Überraschungen für die Welt parat.

Im Laufe der Woche waren weitere bizarre Dinge passiert. Es wurde berichtet, dass Wasserversorgungen durch Pflanzen, die dort wuchsen, wo sie nicht wachsen sollten, in die Farbe Grün übergegangen waren. Bäume schienen den Standort zu wechseln und wurden überall dort gefunden, wo sie nicht sein sollten, und überall gesucht, wo sie eigentlich sein sollten. Ameisen kolonisierten Bussitze und bauten solch große Hügel darauf, dass es unmöglich war, sie alle loszuwerden.

Die Sonne war tagsüber übermäßig heiß, fast so, als ob sie absichtlich versuchte, die äußere Hautschicht der Menschen zu verbrennen. Viele Menschen litten unter Hitzschlag, Sonnenbrand und Quaddeln auf der Haut. Nachts sanken die Temperaturen auf ein Niveau, das man nur als unglaublich bezeichnen konnte, und es war so kalt, dass man selbst bei ausgeschaltetem Licht den Atem in der Luft vor sich sehen konnte.

Im Wesentlichen schien alles darauf ausgelegt zu sein, Menschen zu frustrieren. Es gab einen landesweiten Aufschrei; Menschen litten als Individuen und Familien, und die wirtschaftliche Stabilität der Nationen wurde bedroht, da die Arbeitskräfte, Arbeitsstunden und Produktivität stark gesunken waren.

Was für Alex als bizarres Ereignis in seinem Hinterhof begann, wurde zu einer Angelegenheit mit weitreichenden globalen Folgen.

Die Vereinten Nationen (UNO) hatten zu einer Konferenz der Staats- und Regierungschefs aufgerufen, damit diese die Situation ganzheitlich analysieren, die möglichen Ursachen spezifizieren und die notwendigen Schritte einleiten konnten, um sicherzustellen, dass die Situation bestmöglich gehandhabt werden würde und damit die Normalität bald wiederhergestellt werden konnte.

Da es sich um ein globales Problem handelte, wurden neue Informationen in Echtzeit mitgeteilt. Es war eine Strategie, die eingesetzt wurde, um den Bürgern der Welt das Vertrauen zu vermitteln, dass die Angelegenheit tatsächlich unter Kontrolle war.

Neben den Staatsoberhäuptern waren auch Fachleute aus verschiedenen Bereichen menschlichen Bestrebens zu dieser Konferenz eingeladen worden. Es waren weltberühmte Botaniker, Zoologen, Pflanzenpathologen, Verhaltensanalytiker, sowie Fachleute aus anderen verwandten Nischen anwesend.

Eine der Veröffentlichungen hinsichtlich der Ursache dessen, was sich mittlerweile rasant zu einer Epidemie entwickelte, könnte als absurd bezeichnet werden, außer dass dies für Alex nicht der Fall war. Tatsächlich ergab es für ihn einen Sinn. Obwohl er in keinem dieser Bereiche ein Experte war, war der gesunde Menschenverstand manchmal ein entscheidender Faktor.

Die Resolution der Vereinten Nationen hatte den Menschen als Ursprung des Fiaskos genannt. Der Mensch selbst war der Architekt seines eigenen Unglücks. Er konnte die Resolution unmöglich Wort für Wort wiedergeben, aber es entsprach in etwa Folgendem:

In jüngster Zeit sind seltsame Ereignisse zur Norm geworden und wir stehen hier, verwirrt und besorgt, während die Welt um uns herum außer Kontrolle gerät. Das Gleichgewicht der Welt ist gefährlich ins Wanken geraten und wir alle müssen die schrecklichen Folgen tragen. Die Pflanzen sind von ihren Kernfunktionen abgewichen und haben andere ungünstige Funktionen aufgenommen, die ihnen behagen. Die Tiere haben ihre individuellen Positionen in der Nahrungskette aufgegeben und sich somit der unersetzlichen Verantwortung ihrer Rolle in der Wahrung des Gleichgewichtes und dem Fortbestand des Lebens entzogen.

Obgleich es bedauerlich ist, dass all dies geschehen musste, ist es möglicherweise auch ein Glück. Denn wenn es nicht so gekommen wäre, würden wir als Menschen weiterhin dieselben Geschichten schreiben und die Dienste desselben Schreibers in Anspruch nehmen. Wir würden weiterhin die falschen und schädlichen Dinge tun wie bisher und damit nicht nur uns selbst, sondern auch anderen Schöpfungen der Natur, sowie dem Universum als Ganzes, Schaden zufügen.

Wir haben den Stellenwert von Funktionen und wechselseitiger Kontrolle vergessen oder besser gesagt vernachlässigt. Wir hielten uns für clever und dachten wir waren der Natur einen Schritt voraus. Was wir nicht wussten, war, dass die Natur nur auf den Moment gewartet hatte, in dem wir einen Fehler zu viel machten und das Gleichgewicht noch mehr ins Wanken geriet.

Wir haben das Gleichgewicht vergessen und jetzt, da die Natur sich wehrt und uns in die erdrückenden, von uns selbst geschaffenen Schubladen zurückdrängt, rufen wir um Hilfe.

Es war eine unmissverständlich unverblümte Aussage und sie war auch nicht dazu bestimmt, die bestehende Situation herunterzuspielen oder zu verharmlosen. Es nannte die Dinge beim Namen und überließ es jedem Einzelnen, sich selbst mit der Realität auseinanderzusetzen, für die man sich entschied.

Familiensache

Die Probleme waren aufgeschlüsselt und die Kausalfaktoren identifiziert, aber die Lösungsvorschläge waren noch nicht realisiert worden. Die Konferenzteilnehmer gingen vorsichtig vor. Es war offensichtlich, dass es sich hierbei nicht um ein oberflächliches Problem handelte. Vielmehr war es eines, das uns als Menschen in all unserer Unvollkommenheit über alle Unterschiede hinweg vereinte.

Mia und die Kinder würden morgen nach Hause kommen, und obwohl er sich selbst davon überzeugt hatte, dass er gerne alleine war, war die getrennte Ferienzeit doch nicht so verlaufen, wie er es sich vorgestellt hatte. Andererseits hatte er es geschafft, eine ordentliche Menge an Arbeit zu erledigen und sich zu Beginn der Ferien, bevor die Welt auf den Kopf gestellt wurde, etwas Ruhe zu gönnen. Wenn er ehrlich war, waren die vier Wochen keine reine Zeitverschwendung gewesen. Selbst das Bizarre hatte seinen Horizont auf eine Weise erweitert, die er nicht für möglich gehalten hatte. Er hatte Probleme aus ihm bisher unbekannten Blickwinkeln analysiert und hatte jetzt eine andere Art von Verständnis.

Aber die Ferien waren vorbei und er war unheimlich froh darüber. Er beschloss Mia anzurufen, um zu wissen, wann er sie am nächsten Tag vom Flughafen abholen sollte.

Er hatte erfolglos versucht, sie in der vergangenen Woche zu erreichen. Egal, ob er direkt in der Suite oder über die Rezeption anrufen wollte, keines von beiden war möglich gewesen. Seine Telefonleitungen waren ausgefallen gewesen und es hatte keine alternative Art der Kommunikation gegeben. Selbst die Radiostationen blieben davon nicht unberührt, da einige von ihnen für ein paar Tage den Sendebetrieb einstellen mussten.

Überall auf der Welt gab es weiterhin Probleme. Die in seinem Hinterhof blieben ungelöst. Der Baum stand noch immer mitten im Pool, und die Wände waren noch immer von einem grünen Mantel bedeckt. Aber in diesem Moment war er einfach nur dankbar, dass seine Leitungen wieder funktionierten, als er die Nummer des Hotelzimmers wählte. Überraschenderweise wurde der Anruf nach dem zweiten Klingeln angenommen.

"Hallo?"

"Oh, Gott sei Dank bist du es, Alex." Es war Mia, die den Anruf entgegengenommen hatte, und ihre Stimme zeugte von spürbarer Erleichterung, als sie ihn am anderen Ende der Leitung erkannte.

"Was bedeuten all diese Dinge, die geschehen sind? Ich kann das alles kaum verstehen. Ich will einfach nur wieder nach Hause", sagte sie zum Schluss.

"Wir reden über alles, wenn ihr wieder zu Hause seid. Ich will einfach, dass du wieder zu Hause bist, Mia. Unser Zuhause macht ohne euch alle nicht so viel Spaß."

Sie seufzte. "Es gibt ein Problem, Alex."

"Was für ein Problem? Ihr kommt doch morgen nach Hause? Der Plan steht doch noch, oder?" Wenn Mia sagte, es gab ein Problem, dann gab es auch ein Problem. Sie war ein heller Kopf und war immer Herr der Lage. Es war schwer sie aus der Fassung zu bringen.

"Für morgen wurde ein Startverbot für alle Flüge erteilt", sagte sie.

"Bis wann?"

"Nun, das ist das eigentliche Problem. Niemand weiß es genau, und wenn doch, dann geben sie diese Information nicht heraus." Sie hielt kurz inne, als wartete sie darauf, dass er einen Kommentar einwarf. Als er dies nicht tat, beendete sie ihre unvollendete Aussage: "Im Grunde genommen haben wir also keine Ahnung, wann wir wieder zu Hause sein werden."

Das holte ihn wieder zurück in die Realität.

"Bleib bitte in der Nähe des Telefons, Mia. Ich überprüfe schnell ein paar Sachen und ruf dich dann zurück."

Als er das Telefonat beendete, überlegte Alex, was er tun könnte. Wenn der Flug nach Zürich gestrichen worden wäre, hätten sie einen Anschlussflug nehmen können. Aber jetzt, da der Flughafen alle Aktivitäten eingestellt hatte, war von ihrer Seite aus nichts mehr zu machen.

Mia war ein pragmatischer Mensch und Alex wusste, dass sie durchaus sagen könnte, dass es keine große Sache war, wenn sie am nächsten Tag nicht wie geplant nach Hause kommen konnten. Es wäre auch wirklich kein Problem, wenn die Flughafenaktivitäten für diesen Tag eingestellt wurden, aber ein unbefristetes Startverbot ohne voraussichtlichem Termin, an dem der reguläre Betrieb wieder aufgenommen werden würde, war für ihn etwas zu unberechenbar.

Es gab immer einen Ausweg, er musste darauf kommen. Als wäre ihm plötzlich ein Licht aufgegangen, wanderten seine Gedanken zu seinem guten Freund Mike. Mike lebte einen ziemlich bescheidenen Lebensstil, aber er stammte aus einer Familie, die man als "blaublütig" bezeichnen könnte. Er erinnerte sich daran, dass er Mike wegen des kleinen Privatjets seiner Familie gehänselt hatte, als dieser darauf beharrt hatte, dass sie damit unmöglich zu einer Konferenz in einem anderen Land fliegen könnten, zu der sie spät dran waren.

Dies wäre ein großer Gefallen und wenn er irgendeine andere Wahl hätte, würde er Mike damit nicht belästigen. Leider hatte er nur begrenzte Möglichkeiten und er benötigte die Hilfe seines Freundes. Er wählte Mikes Nummer, und es sah so aus, als ob das Glück auf seiner Seite war, denn die Verbindung wurde bereits beim ersten Versuch hergestellt.

Nach einem kurzen Plausch erklärte er Mike den Grund für seinen Anruf, woraufhin dieser ihm versicherte, dass das kein Problem sein würde. Er hatte Glück, sagte Mike, denn das Flugzeug bot, abgesehen von dem Piloten, nur Platz für fünf Personen. Sie vereinbarten eine Abflugzeit, damit Alex Mia informieren konnte und sie pünktlich vor Ort sein konnten.

"Vielen Dank, Kumpel. Ich werde das nicht vergessen."

"Nicht der Rede wert." Das zauberte ein kleines Lächeln auf sein Gesicht. Einige Dinge änderten sich nie. Und eines davon war die abweisende Art und Weise, wie Mike auf Dankbarkeit reagierte, fast so, als ob es ihn in Verlegenheit brachte.

Er beendete das Gespräch mit Mike und rief Mia zurück. Sie nahm den Hörer beim ersten Klingeln ab. Es sah ihr ähnlich, ihn völlig ernst zu nehmen, wenn er sie bat, in der Nähe des Telefons zu bleiben.

Er erzählte ihr von seiner Unterhaltung mit Mike und teilte ihr alle notwendigen Details mit. Er wusste ohne jeden Zweifel, dass sie schon vor dem Piloten dort sein würden. Mia hatte die Zügel stets fest in der Hand und ließ keinen Raum für Schlamperei.

Er konnte davon ausgehen, dass seine Familie am nächsten Tag zu Hause sein würde. Und dann würden sie endlich damit beginnen können, die unschönen Aspekte der Ferienerlebnisse hinter sich zu lassen, und gleichzeitig an den zahlreichen Lektionen festzuhalten, für die diese Zeit als Katalysator diente.

Die Welt ist groß genug

Es war spät am Abend und Alex hatte gerade die letzte Seite eines spannenden Krimis gelesen. Die Handlung war raffiniert gestrickt und er hätte den Schuldigen nie im Leben erraten.

Er war so in das Buch vertieft gewesen, dass die Mittagszeit längst vorbeigezogen war. Jetzt meldete sich der Hunger umso heftiger. Von dem Schmorbraten, den er vormittags zubereitet hatte, war noch etwas übrig, also schaufelte er ihn auf einen Teller und setzte sich mit seinem Radio an den Küchentisch.

Am Anfang, als die bizarren Vorfälle begannen, hatten sich die Nachrichten mehr darauf konzentriert, was und wo etwas geschah, denn das waren die einzigen Informationen, die die Stationen vorliegen hatten. Seit dem Beginn der UNO-Konferenz hatten sie sich mehr auf das Geschehen vor Ort und auf die Auswirkungen auf die Bürgerinnen und Bürger zu Hause fokussiert.

Das Problem war bekannt: die vereinten Naturelemente rebellierten gegen die Tyrannei der Menschen. Und nun wurden die Lösungsvorschläge ausgestrahlt, die einen Rückzug ermöglichen würden.

Im Rahmen der Konferenz hatten die Staats- und Regierungschefs der Welt eine Reihe von Übereinkünften erzielt. Eine davon war die Tatsache, dass es zwar so schien, als liege uns Menschen die Welt zu Füßen, wir jedoch nicht alleine hier wohnten und somit nicht tun und lassen konnten, was wir wollten. Wir konnten die Welt nicht zu einer Tonkugel machen, die wir ohne Rücksicht auf andere Lebewesen, die die Erdoberfläche bewohnten, so formten und gestalteten wie wir es wollten.

Die führenden Persönlichkeiten der Welt kamen bei der Konferenz zu der Einsicht, dass der Mensch, mit festem Blick in die Zukunft, das Zusammenleben mit anderen Elementen der Natur in Zukunft neu definieren oder weiterentwickeln musste.

Während sich dieses Zusammenleben in der Umsetzung zwischen den verschiedenen Kontinenten und Ländern unterscheiden würde, wären einige Richtlinien trotzdem nützlich. Technologischer Fortschritt ist ein leistungsstarkes Instrument, das uns auf dem Weg in die Zukunft stetig vor-wärtsgetrieben hat. Doch so unglaublich es auch klingen mag; es hat auch als Fessel gedient, die uns an eine andere Form der Rückständigkeit gebunden hielt. Es ist eine Rück-ständigkeit, die dazu führte, dass überall Gebäude entstan-den, auch an Orten, die man nie in Betracht ziehen sollte. Die Technologie ist auch der Grund für unsere Leichtfer-tigkeit hinsichtlich der unschätzbaren Rolle, die die Natur spielt, wenn es um die Wahrung eines ausgewogenen Le-bens für uns alle geht.

Alex stimmte dem ersten konkreten Beschluss voll und ganz zu, nämlich der Empfehlung, dass die Städte grüner sein sollten. Zu diesem Zweck wurde jedem Land eine be-stimmte Anzahl von Bäumen mitgeteilt, die gepflanzt wer-den sollten. Die Aufteilung nach Regionen wurde dem je-weiligen Land überlassen.

Die Nachrichtensprecherin, die so klang als würde sie bereitgestelltes Material vorlesen, erklärte, dass das Pflan-zen von mehr Bäumen uns Menschen noch mehr Schutz bieten würde, indem sie uns vor den direkten Sonnenstrah-len bewahrten und einige der Sonnenstrahlen absorbierten, so dass es auf der direkten Haut nicht so unerträglich wäre.

Auf diese Weise würde die Pflanzen ihren Platz im System des Lebens einnehmen und sogar vorteilhaften Funktionen für den Menschen erfüllen.

Eine weitere Resolution, deren Umsetzung vereinbart wurde, war ein angemessener Lebensraum für Tiere. Als ob sie erneut eine Rede vorlas, ging die Nachrichtensprecherin näher auf die Tatsache ein, dass einige Tierarten am Aussterben waren und der Großteil der Menschen in eine von zwei Kategorien passte: die erste hatte keine Ahnung, welche Tiere ausstarben und warum, während die zweite sich nicht im Geringsten dafür interessierte.

Sie argumentierten, dass es für sie nicht von Belang sei. Wenn sie nur wüssten, wie relevant es tatsächlich für sie war, dann würden sie vielleicht bewusster und ernsthafter mit dem Thema umgehen. Die Experten vertraten die Auffassung, dass die Schaffung von ausreichendem Lebensraum für Tiere in ihrer natürlichen Umgebung und mit minimalen Störungen gewährleisten würde, dass die Ordnung innerhalb der Nahrungskette, die für das ökologische Gleichgewicht entscheidend war, nicht beeinträchtigt werden würde.

Schlussgedanken

Ich weiß nicht genau warum, doch wenn ich über das Leben als Ganzes nachdenke, so ist in der Landschaft meines Geistes ganz deutlich das Bild einer Waage zu sehen. Obwohl ich es nicht anfassen kann, kann ich es so deutlich sehen.

Das Leben balanciert auf des Messers Schneide, und wir gehen mit solch einer Sorglosigkeit damit um, die geradezu abscheulich sein sollte. Wir behandeln alle Probleme mit Leichtigkeit und bereiten nicht nur uns selbst Probleme, sondern auch anderen, manchmal unschuldigen Parteien, die an den Konsequenzen unserer Handlungen und Untätigkeit teilhaben müssen.

Das Universum ist ein großer und offener Raum, und manchmal denke ich, dass wir dessen zahlreichen Geheimnisse nie wirklich lüften werden, egal wie viel wir es erforschen und darin herumstochern. Das Geheimnis besteht darin, zu wissen, dass das so in Ordnung ist. Völlig in Ordnung.

Das Land wurde mit Menschen gesegnet. Und auf die gleiche Weise wurde es mit Pflanzen und Tieren verschiedener Arten gesegnet, von denen jeder seine eigene Pflicht erfüllt, dafür zu sorgen, dass der manchmal schmale Grat der Balance nicht gefährdet wird. Es ist von größter Wichtigkeit, dass wir Menschen verstehen, dass jeder Aspekt der Natur ein Teil des Puzzles ist. Jedes Teil hat seinen individuellen, vorgesehenen Platz im Puzzle. Ein dreieckiges Stück passt nicht in ein quadratisches Loch im Puzzle, weil es dort nutzlos ist und die Vollständigkeit des Puzzles verfälscht.

So ist es auch mit der Natur und all den Geschöpfen, die für ihr Fortbestehen sorgen.

Nach der Konferenz der Vereinten Nationen existierte ein besseres Verständnis für die Komplexität der Natur. Zum einen dank der veröffentlichten Warnungen und den Empfehlungen, zum anderen auf Grund der Hölle, durch die viele Menschen gehen mussten, als sie mit der anderen Seite der Natur konfrontiert wurden; der Seite, die ihre Schönheit tief in sich vergraben hat und genüsslich ihre hässliche Seite zeigt.

Die Menschen haben endlich erkannt, dass die Welt nicht nur uns allein gehört. Es gibt einen Platz für Pflanzen und gleichermaßen einen für Tiere, und ein Zusammenleben auf dem gleichen Planeten bedeutete, dass wir irgendeine Lösung dafür finden mussten.

Die Menschen sind zu der Erkenntnis gelangt, dass die Welt zwischen Mensch und Natur geteilt werden muss. Anknüpfend an diese Einsicht werden nun bessere Entscheidungen getroffen. Langsam aber sicher kehrt die Natur in ihren natürlicheren Zustand zurück: dem friedlichen und ruhigen.

Ich verbringe mehr Zeit im Garten, egal ob Arbeit zu erledigen ist oder nicht. Ich lasse meine Fantasie spielen und habe mehr Platz bereitgestellt, an dem Pflanzen üppig wachsen können. Gießen und Gartenpflege sind jetzt so leicht wie Atmen. Ich sehe das nicht mehr als Qual.

Als ob eine höhere Macht mit einem Radiergummi einen Fehler korrigierte, schien die grüne Vielfalt an der Wand zu schmelzen. Ich kann wieder durch die Fenster sehen. Das Licht von außen sieht anders aus. Es sieht jetzt heller aus und verleiht dem Haus eine ruhige Atmosphäre, wenn es schräg ins Zimmer fällt.

Der Garten strotzt vor Farbe und Gesundheit. Ich schlenderte heute zum Poolbereich und sah, dass ich mit meiner Vermutung richtig lag. Der Baum war nicht mehr da. Er war weg, wie ein Dieb in der Nacht, so plötzlich wie er erschienen war. Es war, als ob er nie da gewesen war, abgesehen von den wenigen Blättern, die am Boden verstreut waren, wie ein Zeugnis einer vergangenen Zeit. Ich beschloss, die Blätter dort liegen zu lassen, wo ich sie entdeckt hatte. Was auch immer mit ihnen geschah, es hing nicht von mir ab.

Zürich sieht in meinen Augen anders aus. Langsam verlieren die Autobahnen ihr farbloses Aussehen und in der Ferne können regelrechte Farbexplosionen beobachtet werden. Es ist noch viel zu tun, aber ich kann die fertige Landschaft vor meinem geistigen Auge sehen und mir gefällt was ich sehe. Immer mehr Menschen legen Gärten an und schaffen in ihrem Zuhause Platz für die Pflanzenwelt. Tiere dürfen sich frei bewegen, ohne dass es zu Störungen oder Belästigungen kommt. Überall um mich herum sehe ich Menschen, die das Recht aller Elemente der Natur respektieren, in ihrer Nische zu existieren.

Vielleicht bilde ich es mir nur ein, aber es scheint als hätten auch die Menschen eine andere Einstellung. Pflanzen werden nicht erst gegossen, wenn sie trocken und brüchig sind. Wenn ich am Anfang einer langen Straße stehe, stößt mein Blick nicht nur auf ein lebloses Bild voller Beton. Hier und da kann ich Lebenszeichen sehen.

Ein tiefgreifender Heilungsprozess findet statt, jetzt, da die Welt sich wieder um ihre Achse dreht. Ich hoffe diese Heilung bewegt sich mit dem Wind und erreicht jede Spalte des Universums.

AUCH VON MICHEL F. BOLLE BEI
TREDITION DEUTSCHLAND ERSCHIENEN

Um glücklich zu sein, muss man die Magie, inmitten des Alltags entdecken.

Dieses Buch ist viel mehr, als nur eine Auflistung von Zitaten. Michel F. Bolle wird Ihnen genau die Anleitung geben, welche auch Ihm im Leben zu Glück und Erfolg verholfen hat.

Bestellbar in Ihrem lokalen Buchladen, oder online bei Amazon und vielen anderen online Buchhändlern.

MICHEL F. BOLLE AVAILABLE BOOKS IN ENGLISH (TREDITION USA)

Bestellbar in Ihrem lokalen Buchladen, oder online bei Amazon und vielen anderen anderen online Buchhändlern.

www.michel-bolle.com

Email: m.bolle@gmx.ch

Zeitfracht Medien GmbH
Ferdinand-Jühlke-Straße 7
99095 Erfurt, Deutschland
produktsicherheit@kolibri360.de